念楼学短

钟叔河自题

第三册

中华书局

序

杨绛

上个世纪的八十年代，钱锺书曾主动为锺叔河先生的《走向世界》一书写过一篇序文。那时的钱锺书才七十五岁，精力充沛。《走向世界》一书是促使国人向前看。

时光如水，不舍昼夜地流逝。二十年过去了。世事也随着变易。叔河先生这回出《念楼学短》合集，要求书价便宜，让学生买得起。他现在是向钱看了。他要我为这部集子也写一篇序。可是一转瞬间，我已变成年近百岁的老人。老人腕弱，要握笔写序。一支笔足有千斤重

啊！可是"双序珠玉交辉"之说，颇有诱惑力。反正我实事求是，只为这部合集说几句恰如其份的话。《念楼学短》合集，选题好，翻译的句话好，注释好，批语好，读了能增广学识，读来又趣味无穷。不信，只需试读一篇两篇，就知此言不虚。多言无益，我这几句话，自有千钧之重呢！

二千零九年六月十二日

自序

鍾叔河

【一】

學其短,是學把文章寫得短。寫得短當然不等於寫得好,但即使寫不好,也可以短一些,彼此省時省力,功德無量。

漢字很難寫,尤其是刀刻甲骨,漆書竹簡,不可能像今天用電腦,幾分鐘就是一大版。故古文最簡約,少廢話,這是老祖宗的一項特長,不應該輕易丟掉。

我積年抄得短文若干篇,短的標準,是不超過一百個漢字,而且必須是獨立成篇的。現從中選出一些,略加疏解,交《新聞出版報》陸續發表。借用鄭板橋的一句話:「有些好處,大家看看;如無好處,糊窗糊壁、覆瓿覆盎而已。」如今不會用廢紙糊窗糊壁封罈蓋碗了,就請讀者將其往字紙桶裏一丟吧。

一九九一年八月二十日於長沙

(首刊一九九一年九月一日《新聞出版報》)

【二】

《學其短》幾年前在北京報紙上開專欄時，序言中說：「即使寫不好，也可以短一些，彼此省時省力，功德無量。」這當然是有感而發。因為自己寫不好文章，總嫌囉唆拖沓，既然要來「學其短」，便不能不力求其短，這樣稿費單上的數位雖然也短，庶可免王婆婆裹腳布之譏焉。

此次應《出版廣角》月刊之請，把這個專欄續開起來，體例還是照舊，即只介紹一百字以內的文章，而且必須是獨立成篇的。也還想趁此多介紹幾篇純文學以外的文字，因為我相信，有很多人和我一樣，常親近文章，卻未必敢高攀文學。

學其短，當然是學古人的文章。但古人遠矣，代溝隔了十幾代，幾十代，年輕人可能不易接近。所以便把我自己是如何讀，如何理解的，用自己的話寫下來。這些只是我自「學」的結果，頂多可供參考，萬不敢叫別個也來「學」也。

一九九八年十二月十日於長沙

（首刊一九九九年《出版廣角》第一期）

【三】

「學其短」從文體着眼,這是文人不屑為,學人不肯為的,我卻好像很樂於為之。自己沒本事寫得長,也怕看「講大道理不怕長」的文章,這當然是最初的原因;但過眼稍多,便覺得看文亦猶看人,身材長相畢竟不最重要,吸引力還在思想、氣質和趣味上。

「學其短」所選的古文,本是預備給自己的外孫女兒們讀的。如今課孫的對象早都進了大學,而且沒有一個學文的,服務已經失去了對象。我自己對於古文今譯這類事情其實並無多大興趣,於是便決定在舊瓶中裝一點新酒。——不,酒還應該說是古人的酒,仍然一滴不漏地裝在這裏;不過寫明「念樓」的瓶子裏,卻由我摻進去了不少的水,用來澆自己胸中的壘塊了,即標識為「念樓讀」尤其是「念樓曰」的文字是也。

這正像陶弘景所說的,「只可自怡悅,不堪持贈君」。借題發揮雖然不大敢,但箭在弦上不得不發時,或者也會來那麼兩下吧。

二〇〇一年六月十一日於長沙城北之念樓

(首刊二〇〇一年六月十九日《文匯報‧筆會》)

【四】

「學其短」十年中先後發表於北京、南寧和上海三地報刊時，都寫有小序，此次略加修改，仍依原有次序錄入，作為本書序言。要說的話，歷經三次都已說完，自己認為也說得十分清楚了。

三次在報刊上發表時，專欄的名稱都是「學其短」，這次卻將書名叫做「念樓學短」。因為「學其短」學的是古人的文章，不過幾十百把個字一篇，而「念樓讀」和「念樓曰」卻是我自己的文字，是我對古人文章的「讀」法，然後再借題「曰」上幾句，只能給想看的人看看，文責自負，不能讓古人替我負責。

關於念樓，我曾經寫過一篇文章，最後一句是這樣說的：

「樓名也別無深意，因為——念樓者，即廿樓，亦即二十樓也。」

二〇〇二年六月四日

（首刊二〇〇二年湖南美術出版社《念樓學短》一卷本）

【五】

「學其短」標出一個「短」字，好像只從文章的長短着眼，原來在報刊上發表時，許多人便把它看成古文短篇的今譯了。這當然不算錯，因為我拿來「讀」和「曰」的，都是每篇不超過一百字的古文，又是我所喜歡，願意和別人共欣賞的。誰若是想讀點古文，拿了這幾百篇去讀，相信不會太失望。

可是我的主要興趣卻不在於「今譯」，而是讀之有感，想做點自己的文章。這幾百篇，與其說是我譯述的古文，不如說是我作文的由頭；雖說太平盛世無須「借題發揮」，但借古人的酒杯，澆胸中的壘塊，大概也還屬於「夫人情所不能止者，聖人弗禁」的範圍吧！

當然，既名「學其短」，對「學」的對象自然也要尊重，力求不讀錯或少讀錯。在這方面，自問也是盡了力的，不過將「貶謫」釋讀成「下放」的情況恐仍難免。雖然有人提醒，貶謫是專制朝廷打擊人才的措施，下放是黨和人民政府培養幹部的德政，不宜相提並論。但在我看來，二者都是人從「上頭」往「下頭」走，從「中心」往「邊緣」挪。不同者只是從前聖命難違，不能不「欽此欽遵」剋期上路；後來則有鑼鼓相送，還給戴上了大紅花，僅此而已。於是興之所至，筆亦隨之，也就顧不得太多了。

二〇〇四年元旦

（首刊二〇〇四年安徽教育出版社《學其短》一卷本）

一〇

【六】

二〇〇二年由湖南美術出版社初版的《念樓學短》一卷本，只收文一百九十篇。此次將在別處出版和以後發表於各地報刊上的同類短文加入，均按《念樓學短》一卷本的體例和版式作了修訂，以類相從編為五十三組，分為五卷，合集共計五百三十篇。

抄錄短文加以介紹的工作，事實上是從一九八九年夏天開始的，說是為了課孫，其實也有一點學周樹人躲進紹興縣館抄古碑的意思。一眨眼二十年過去，我已從「望六」進而「望八」，俟河之清，人壽幾何，真不禁感慨繫之。

《念樓學短》的本意，當然是為了向古人學短，但寫的時候，就題發揮或借題發揮的成分越來越多，很大一部分都成了自己的文章。我的文章頂多能打六十分，但意思總是誠實的。此五卷合集，也妄想能和八五年初版的拙著《走向世界》一樣，至今已四次重印，得以保持稍微長點的生命。《走向世界》書前有錢鍾書先生一序，這次便向楊絳先生求序，希望雙序珠玉交輝，作為永久的紀念。九十九歲高齡的楊絳先生身筆兩健，惠然肯作，這實在是使我高興和受到鼓舞的。

二〇〇九年六月十日

（首刊二〇一〇年湖南美術出版社《念樓學短合集》）

一一

【七】

《念樓學短》(《學其短》) 每回面世，都有一篇自序，這回已是第七篇；好在七篇加起來不過三千五百字，平均五百字一篇，還不太長。

《念樓學短》和《學其短》，開頭都是一卷本，後來合二為一，一卷容納不了五百三十篇文章（雖然都是短文），於是成了合集五卷本。至今五卷本已經印行三次，銷路越來越廣，印數越來越多；有的讀者又覺得五卷本有些累贅。

從本版起，《念樓學短》將分上下卷印行，五卷本成了兩卷本，但內容五十三組五百三十篇仍然依舊，只將各組編排次序略予調整。比如將「蘇軾文十篇」「陸游文十篇」調整到「張岱文十篇」「鄭燮文十篇」一起，以類相從，也許會更妥帖一些。

八十年前見過一本清末外國傳教士編印的書，將《聖經》中同一段話，用各種文字翻譯出來，各佔一頁，只有中國文言文的譯文最短。我說過，我們的古文「最簡約，少廢話，這是老祖宗的一項特長，不應該輕易丟掉」。但老祖宗的時代畢竟是過去了，社會和文化畢竟是在進步。我們要珍重前人的特長，更要珍重現代化對我們的要求和期待，這二者是可以很好地結合起來的，我以為。

二〇一七年於長沙，時年八十六歲

（首刊二〇一八年湖南美術出版社《念樓學短》兩卷本）

目錄

● **抒情文十一篇**

● **哀祭文十一篇**

● 寫景文十篇

● 題畫文七篇

記事文十三篇

記人物十三篇

●記社會十三篇

陸游文十篇

張岱文十篇

議論文十三篇

桃李不言

學其短

[李將軍列傳贊]

太史公曰：傳曰：「其身正，不令而行；其
身不正，雖令不從。」其李將軍之謂也。
余睹李將軍，悛悛如鄙人，口不能道辭。
及死之日，天下知與不知，皆為盡哀。彼
其忠實心誠，信於士大夫也。諺曰：「桃李
不言，下自成蹊。」此言雖小，可以諭大也。

| 司馬遷 |

◎ 本文錄自司馬遷《史記》卷一百九。
◎ 李將軍，即李廣，為西漢名將，善戰有功，而不得封侯，後
被迫自殺。
◎ 司馬遷，字子長，西漢夏陽（今陝西韓城南）人。他和李廣
的孫子李陵是朋友，因幫李陵說話受宮刑，發憤著《史記》。
◎「其身正」四句，見《論語·子路》。
◎ 悛悛，通「恂恂」。
◎ 蹊，人踏成的小路。
◎ 諭，通「喻」。

念樓讀

古書中說得好——

自己行得正，不用下命令，羣眾也會照樣行動；

自己行不正，再怎麼發號施令，羣眾也不會聽。

這前一句，說的不就是李廣李將軍帶兵的情形麼？

我所見的李廣，謙虛謹慎，像個鄉下人，嘴裏有時連話都說不出，更不會交際應酬。可是他自殺的消息傳開，聽到的人，無論是否熟悉，無不為之悲悼。因為他的忠勇和誠信，早已為人所知，成為共識了。俗諺道：

桃樹和李樹，對自己的美好不會宣傳；

它們的花果，卻將人們都吸引到跟前。

此話用古文講就是「桃李不言，下自成蹊」，用來形容這位偉大的人物，倒還適當。的確，真的偉大是無須宣傳的。

念樓曰

本書中，我有意將「學」的範圍擴大，使之不限於所謂純文學，特別想要從傳統的各類文體中選讀些名文。所謂名文，大都是歷來傳誦公認的名篇，但也有原來並不普及，而是我十分欣賞，認為可以和公認的名篇並列的。

姚鼐「為《古文辭類纂》，其類十三」，首為「論辨類」；曾國藩編《經史百家雜鈔》與之「微有異同」，分十一類，「論著」類仍列為第一。這些現在通稱為議論文，自本篇起共選讀十三篇。

司馬遷為李將軍的孫子說話，付出了慘重的代價，故其議論隱含着對漢家的不平。「桃李不言」，公道卻自在人心。

怕不怕民眾

學其短

［民可畏論］

古之帝王，有興有衰，猶朝之有暮，皆為蔽其耳目，至於滅亡。《書》云：「可愛非君，可畏非民。」天子有道，則人推而為主；無道，則人棄而不用，誠可畏也。

‖ 唐太宗 ‖

◎ 本文錄自《全唐文》卷十「太宗七」。
◎ 唐太宗，姓李，名世民，年號貞觀。
◎ 「可愛非君，可畏非民」二句，見《尚書·皋陶謨》。孔穎達疏曰：「言民所愛者豈非人君乎？民以君為命，故愛君也。言君所畏者豈非民乎？君失道則民叛之，故畏民也。」

念樓讀

　　從古到今，帝王的統治，都是有盛必有衰，有興必有亡，就像白天之後必然會是黑夜一樣，永遠都不會有不落的太陽。

　　做皇帝的人，如果閉目塞聽，不注意民間的疾苦，不傾聽民眾的呼聲，他的統治就會結束得更快。

　　《書經》中有兩句：「可愛的難道不是君王嗎？可怕的難道不是民眾嗎？」意思就是說：在民眾心目中，君王是他們生活的保障，自然應該為民眾所愛戴；但君王若不顧及民眾的生活，要當無道昏君，民眾便會拋棄他，打倒他，這時在君王心目中，民眾就會成為可怕的人了。

念樓曰

　　唐太宗李世民這篇文章，收在《全唐文》卷十「太宗七」中。原文僅五十五字，卻尖銳地提出了統治者生死存亡的大問題，並且直截了當地做了回答，這就是：民眾有能力也有權利決定統治者的興亡，關鍵是統治者是否代表民眾的利益。

　　歷代總集，總把帝王之作冠冕全編，害得讀者只能從若干卷以後看起，只有魏武帝、魏文帝等少數例外。李世民沒有文學遺傳基因，他出身軍人家庭，十九歲便帶兵打仗，而能寫出這樣的文章，尤其是敢於承認統治者無論多麼英明偉大，其統治都只能是暫時的，實在難得，此其所以為明君乎。

不能不學

學其短

[誨學說]

玉不琢，不成器；人不學，不知道。然玉
之為物，有不變之常德，雖不琢以為器，
而猶不害為玉也；人之性因物則遷，不
學，則捨君子而為小人。可不念哉？

‖歐陽修‖

◎ 本文錄自《歐陽文忠公全集》卷一百二十九，是歐陽修寫給
其次子歐陽奕看的，文末原有「付奕」二字。
◎ 歐陽修，字永叔，諡文忠，北宋廬陵（今江西吉安）人，古
文唐宋八大家之一。

念樓讀

玉石不經過切削打磨，不能製成精美的玉器；人不學習，不接受教育，不會懂得知識、明白道理。但人和玉石畢竟有所不同，玉石即使不經過加工，也還是玉石；人卻有活的生命，本性自然要發展，要變化，要適應環境。也就是說，人是生來就需要學習的。

人如果不學習，不自覺接受教育，便無法使自己變好，無法成為一個高尚的人、有用的人，甚至還會變壞、墮落，迷失自己的本性。

這一點，總要時時記住才好。

念樓曰

「玉不琢」幾句本是《禮記》中的話，後來的《三字經》又寫進去（只改了一個字），差不多盡人皆知了。接下來的「苟不教，性乃遷」，也是歐公「人之性因物則遷」的三字化。

這裏所說的「性」，即人的本性，也就是現在通稱的人性。動物行為學認為，學習是動物的天性，小老虎自然會在叢林中學會捕獵，終至百獸之王。但如果是在鐵籠子裏「培養教育」出來的老虎，即使斑毛白額依然，卻見了牛犢、家鵝甚至公雞也害怕，只會在鞭子的指揮下站起來打躬作揖，然後伸起頸根等冰凍牛肉吃。此則已滅盡應有的虎性，成為枉披一張老虎皮的畜生了。虎固如此，人亦如之。故一切教育，都必須尊重人性，而不能戕賊人性。

兒子取名

學其短

[名二子說]

輪、輻、蓋、軫，皆有職乎車，而軾獨若
無所為者。雖然，去軾，則吾未見其為完
車也。軾乎，吾懼汝之不外飾也。天下之
車，莫不由轍，而言車之功者，轍不與焉。
雖然，車仆馬斃，而患亦不及轍。是轍者，
善處乎禍福之間也。轍乎，吾知免矣。

| 蘇洵 |

◎ 本文錄自蘇洵《嘉祐集》。
◎ 蘇洵，字明允，號老泉，北宋眉州眉山（今屬四川）人，古
　文唐宋八大家之一。

念樓讀

蘇洵《名二子說》，說的是他給兩個兒子（蘇軾和蘇轍）取名的用意，全文如下：

車輛的各部分——輪、頂、底盤等，都有作用，都不可缺。只有軾——車廂前那根橫木，似乎沒甚麼大用處；但若去掉它，看起來便不像一輛完整的車了。軾啊，我願你在人們眼中，不要成為可有可無的東西。

車都得在轍——車道上才能走，講起車輛做的工作，卻不會提到車道；可是，車即使翻了，馬即使受傷死了，車道也不會受連累。無大福者無大禍，轍啊，願你一生平安。

念樓曰

眉山三蘇祠有一副署名「道州何紹基」的對聯：

一門父子三詞客，千古文章四大家。

韓柳歐蘇，這一家子佔了三個。咱們中國除了「三曹」，很難再數出第三家；外國我只知有大小仲馬，父子倆也還差一個。

這則短文，說的是這個「文學之家」的家事，卻表現出了生活的智慧和父子間的親情。蘇轍兒時一定聰明絕頂，父親怕他鋒芒太露，長大了到社會上會吃虧，所以寧願他放低姿態。蘇軾則根器更大，更深厚含蓄，父親怕他太「不外飾」（不愛表現），所以希望他要進取。

賢父有知子之明，佳兒則雙雙用事實證明，父親的操心沒有白費，擔心卻是多餘。

談人才

●學其短

［讀孟嘗君傳］

世皆稱孟嘗君能得士，士以故歸之，而卒賴其力以脫於虎豹之秦。嗟乎！孟嘗君特雞鳴狗盜之雄耳，豈足以言得士？不然，擅齊之強，得一士焉，宜可以南面而制秦，尚何取雞鳴狗盜之力哉？夫雞鳴狗盜之出其門，此士之所以不至也。

｜王安石｜

◎ 本文錄自王安石《臨川先生文集》卷七十一。

◎ 孟嘗君，戰國時齊公子。

◎ 王安石，字介甫，號半山，北宋臨川（今江西撫州）人，古文唐宋八大家之一。

◎ 雞鳴狗盜，《史記》說，孟嘗君被秦國拘留，靠門客裝狗入秦宮盜回白狐裘行賄，又靠門客裝雞鳴詆騙秦人開關，才得以逃歸齊國。

念樓讀

都說孟嘗君能尊重知識、尊重人才，人才都被延攬到他門下。因此，當他被秦國扣留時，才會有門客施展才能，使之脫險。

可是，這是甚麼人才啊？他們的本事只是在半夜裏裝成狗子進秦宮取回白狐裘，只是在拂曉前靠口技裝雞叫誑開關門逃出去。孟嘗君門下的這班門客，不過是些裝雞扮狗之流，哪能算人才呢？

當時齊國的國力並不比秦弱，若真能得到像管仲、樂毅那樣的人才，何愁不能對付強秦，怎會要靠裝雞扮狗才能逃命？

裝雞扮狗之流都招攬來，真正的人才就不會來了。

念樓曰

「士」這個名詞，如今在人們嘴上，大約只有下象棋時用一用，古時卻是知識分子的總稱，社會地位相當高。神偷和名藝人，有時確實能派上大用場，但也確實沒有資格被稱為士。

士之為士，得有兩條：一是憑知識智能吃飯；二是心裏有天下民生，頭腦裏有思想。後一點尤為重要。長沮桀溺耦而耕，苦力的幹活，「滔滔者天下皆是也」這番話一說，其為「避世之士」即已無疑。而玉臂匠金大堅，圖章刻得呱呱叫，篆隸俱精，技藝肯定一流，卻難入士流，更不必說「歌舞吹彈，普天下伏侍看官」的白秀英了。

寬 與 嚴

學其短

[治大國若烹小鮮]

吳世英嘗語予：「『治大國若烹小鮮』，是
有二義：蓋自寬厚者言之，則曰宜勿煩
擾；自刻薄者言之，則曰當加鹹酸。」予
知其戲，因語之曰：「太史公所謂，申韓
刑名慘刻，皆原道德之意，無乃是乎。」

‖ 陳善 ‖

◎ 本文錄自陳善《捫蝨新話》卷之四。「治大國若烹小鮮」，語
見《老子》六十章。
◎ 陳善，南宋高宗、孝宗兩朝時人，字子兼，一字敬甫，號秋
塘，南宋羅源（今屬福建）人。
◎ 太史公所謂，指《史記·老莊申韓列傳》贊語：「韓子引繩墨，
切事情，明是非，其極慘礉少恩，皆原於道德之意，而老子
深遠矣。」礉，刻薄。

念樓讀

吳世英曾經對我說：「老子講的『管理大地方，就像煎小魚』，這可以做兩種解釋：主張『從寬』呢，就是不要多翻動，免得將魚皮魚肉弄碎；主張『從嚴』呢，就是為了出味道，得多放薑醋加辣椒。」

我知道，他是在用玩笑話講道理，便對他說：「難怪司馬遷寫《史記》，要將老子、韓非合傳，原來法家強化專政的理論，還可以從《道德經》中找根據啊！」

念樓曰

中世紀佛羅倫薩的馬基雅維利（Machiavelli）著《君王論》，建議君王「不應顧慮被譴責為殘暴」，「要懂得善於利用獸法（暴力），又善於利用人法（法律）」進行統治，「與其為人所愛，還不如為人所懼更為安全」。韓非便是早一千七百多年生於中國的馬基雅維利。

中國傳統思想的神位，正中間供着的當然是儒家，可法家和道家卻一左一右佔了兩邊。人們稱頌賢明的君主，總恭維他「外聖內王」，說穿了就是雖尊孔孟，講愛民，講仁政，行的則是韓非傳授的法、術、勢，是靠嚴刑峻法施行虐民的暴政。從秦皇漢武到雍正王朝，莫不如此。至於老子《道德經》，因為有「治大國若烹小鮮」「將欲奪之，必固與之」這樣的政治智慧，對於聰明的統治者也的確很有用。

官與賊

學其短

[龍門子論政]

縣大夫問政，龍門子曰：「民病久矣，其視之如傷乎。」曰：「是聞命矣，願言其他。」龍門子曰：「勿為盜乎。」曰：「何謂也？」曰：「私民一錢，盜也。官盜，則民愈病矣。」曰：「若是其甚乎？」曰：「殆有甚焉！不稱其任，而虛冒既廩者，亦盜也。」

‖ 宋濂 ‖

◎ 本文錄自宋濂《龍門子凝道記》，見《宋文憲公全集》卷五十一。

◎ 宋濂，字景濂，號潛溪，元末明初浦江（今屬浙江）人，曾入龍門山著書，自號龍門子。

念樓讀

縣太爺問怎麼樣辦好縣政，龍門子說：

「百姓被傷害得太久、太厲害了，應該像對待傷病員那樣，讓他們安靜地休息。」

「是這樣嗎？請問還要注意甚麼？」

「不要去搶，不要去偷。」

「這話怎麼說？」

「從老百姓身上刮一塊錢放進自己腰包，便是偷和搶。當官的都偷都搶，百姓們就更活不下去了。」

「有這麼嚴重嗎？」

「還有更嚴重的哩！當官不給民做主，白吃俸祿，還要浪費、貪污，不等於盜竊人民和國家的錢，不等於做賊嗎？」

念樓曰

宋濂的七十多年生命，在元朝度過了五十八年。他在元朝已經取得翰林院編修的職位，卻辭官不做，隱居在龍門山中著書，當然是不滿意當時政治的黑暗和吏治的腐敗。本文即是隱居時所作，看得出他眼中的官就是盜賊和「準盜賊」。我想，這應該是他後來成為新朝文臣的原因。

朱元璋嚴懲過貪官，甚至將其剝皮處死。但剝下的人皮還在衙門口掛着，新官又樂滋滋地來上任了，照樣貪。嚴刑峻法殺不完貪官，因為專制政治是貪污的溫牀和催化劑。正是這種專制政治，最後也要了宋濂的老命。

一團熟豬油

學其短

［小人猶膏］

郁離子曰：小人其猶膏乎？觀其皎而澤，瑩而媚，若可親也。忽然染之，則膩不可濯矣。故小人之未得志也，尾尾焉；一朝而得志也，岸岸焉。尾尾以求之，岸岸以居之，見乎聲，形於色，欲人之知也如弗及。是故君子疾夫尾尾者。

‖ 劉基 ‖

◎ 本文錄自劉基《郁離子》，見《誠意伯文集》卷四。
◎ 劉基，字伯溫，元末明初青田（今屬浙江）人，封誠意伯。

念樓讀

不正派的人，就像一團熟豬油，看上去又白又潤澤，一點也不難看，若是沾上手，便膩膩糊糊，洗都洗不掉了。

這種人在沒有得志的時候，總是低聲下氣，對人顯得十分順從；一旦得了志，便立刻由低姿態變為高姿態，頭也抬高了，嗓門也變大了，生怕別人不知道他成了角色。

正派的人，是不會願意跟不正派的人為伍的，其實亦無須看到他們的後來，在他們唯唯諾諾、打躬作揖的時候，早就會深惡而痛絕之，絕不會沾上手，等着他們「一闊臉就變」。

念樓曰

說劉伯溫作《燒餅歌》，和姜子牙、諸葛孔明一樣，能未卜先知，是小說家的「戲說」。但此人生於亂世，跟上英明領袖朱元璋以後，又幾經大起大落，對世態人情有比較深切的了解，倒是真的。

小人的特徵是前恭後倨，《一捧雪》中的裱褙湯勤，《大衛·科波菲爾》中極力表示謙卑的尤里，莫不如此。此種小人時時處處皆有，為人處世，不沾他也就是了。但如治國用人也只求其「聽話」，偏愛「馴服工具」，則無異於公開宣佈將小人作為優先選拔的對象，禍國殃民的根源實在於此，後果要多嚴重有多嚴重。在這一點上，劉伯溫真有先知。

輿 論 一 律

學其短

［鴝鵒鳥］

鴝鵒之鳥，出於南方，南人羅而調其舌，久之，能效人言。但能效聲而止，終日所唱，惟數聲也。蟬鳴於庭，鳥聞而笑之。蟬謂之曰：「子能人言，甚善。然子所言者未嘗言也，曷若我自鳴其意哉！」鳥俯首而慚，終身不復效人言。今文章家竊摹成風，皆鴝鵒之未慚者耳。

‖ 莊元臣 ‖

◎ 本文錄自明人莊元臣著《叔苴子》。

念樓讀

八哥鳥生長在南方，捉來經過調教，就會模仿人的聲音，翻來覆去叫幾句現話。

有一次，知了在庭前高歌，八哥笑牠發不出人的聲音。知了說：「你能學人話當然好，但這是你自己的話麼？我唱的可是我自己的歌呀！」

八哥聽後覺得慚愧，低下了頭，從此不再一開口就照本宣科了。

高唱一個旋律、一種調子的人，唱的全是別人教給的幾句，活像一輩八哥鳥，卻完全不知道慚愧。

念樓曰

有個時期很提倡「輿論一律」，不僅僅提倡，實際是強迫。我說「梁漱溟反動透頂」，輿論一律得說「梁漱溟反動透頂」；我說「胡風、賈植芳是反革命」，輿論一律得說「胡風、賈植芳是反革命」；我說《文匯報》的資產階級方向必須批判」，輿論一律得說「《文匯報》的資產階級方向必須批判」……如敢不從，勞改勞教，至少也得去北大荒、夾皮溝。在這樣的高壓態勢之下，輿論自會一律，所有人都成了鴝鵒鳥，「但能效聲而止」，都不能「自鳴其意」。

世界和人本來是多樣的，輿論自然也是多樣的，硬要它成為「一律」，硬要萬馬齊喑，一花獨放，統治者能力再強，亦只能行其意於一時，斷斷不能長久的。怕只怕被調教成的「八哥」很多，卻又不知慚愧，仍要不斷聒噪：「一律，一律！」「一致，一致！」

做不做官

學其短

[論語難解]

荷蓧丈人遭亂世而農隱，而子路以為無義，以為亂倫，然則孔子所謂「無道則隱」非耶？《論語》之文，此為難解。

| 趙南星 |

◎ 本文錄自趙南星《閒居擇言》。
◎ 趙南星，別號清都散客，明萬曆、天啟時人，因反對魏忠賢
　 被貶逐而死。
◎ 荷蓧丈人，見《論語‧微子》，他不贊成孔子出仕，受到子路
　 批評。

念樓讀

荷蓧丈人是避亂隱於農民中的賢者，子路說他不出來做官是不負責任，只顧自己一身乾淨，不替君王出力，是破壞了倫常。如果子路批評得對，那麼《論語》所記孔子的話，「國家政治清明，便該出來效力；政局混亂，便該隱身匿跡」，豈不反而錯了？《論語》此處的矛盾，真使人不大好理解。

念樓曰

荷蓧丈人「植其杖而芸」，撐着一根薅禾棍薅田，這是相當勞累的農活，所以他對「四體不勤，五穀不分」，帶着一幫弟子周遊列國到處求仕（跑官）的孔子，表示不很贊同。於是，孔子的好學生子路就要批評他「不仕無義」（不肯出來做官，不盡君臣之義），是「欲潔其身而亂大倫」，話說得相當重。

其實，孔子自己也說過，「天下有道則見（現），無道則隱」（《論語·泰伯》），意思是政治開明時才能出來做官，政治黑暗時便只能當隱士。你孔子認為如今是清平世界朗朗乾坤，想跑官，自家跑就是；荷蓧丈人認為世界不清平，要「農隱」，不願讓別人說自己「邦無道，富且貴焉，恥也」，也該有他的自由。

四百多年前天天讀《論語》，趙南星能質疑書中的矛盾，實在難得。不過孔子還是尊重荷蓧丈人的隱者身分的，才「使子路反見之」。子路在講過一通大道理之後，仍不能不承認「道之不行，已知之矣」，這便是先儒比如今閱評組審讀員高明得多的地方。

談 讀 書

學其短

[天下最樂事]

陶石梁曰：世間極閒適事，如臨泛遊覽，飲
酒弈棋，皆須覓伴尋對。惟讀書一事，止須
一人，可以竟日，可以窮年。環堵之中而觀
覽四海，千載之下而覿面古人。天下之樂，
無過於此，而世人不知，殊可惜也。

‖ 張岱 ‖

◎ 本文錄自張岱《快園道古》卷四。
◎ 張岱，字宗子，號陶庵，明末清初山陰（今紹興）人。
◎ 陶石梁，明會稽（今紹興）人，以文有名於時。

念樓讀

世間休閒適意之事，如遊山水、賞勝跡、飲酒、下棋……都要有同伴，有對手。只有讀書，才是純粹屬於個人的事，個人完全可以自由支配。

讀書，你可以讀一整天，也可以讀上一年。坐在小屋子裏，你能夠縱覽天下；隔了千百年，你也能晤對古人。這是任何其他賞心樂事都比不上的，只可惜世人不一定體會得到。

念樓曰

有島武郎說：「我因為寂寞，所以讀書。」讀書確實是「止須一人」來做的事，除非是大廟裏和尚唸經，和「文化大革命」中「天天讀」，但那又怎能算是讀書呢？

周作人在《文法之趣味》一文中說，拿一兩本有趣味的書，在山坳水邊去與愛人同讀，是消夏的妙法。這只能是他的想像之辭，因為同讀是不可能的，即使是同愛人。每個人的心智、學識和情緒不會完全相同，一本書，兩個人讀的感覺也不會完全相同，所謂「奇文共欣賞，疑義相與析」，亦須各具慧眼、各有會心才能做到。故圖畫可以同賞，音樂可以同聽，戲劇可以同觀，書則「止須一人」來讀。《紅樓夢》中寶哥哥「展開《會真記》從頭細看」，林妹妹問是看甚麼書，他搪塞道「不過是《中庸》《大學》」，她不信，硬要瞧瞧，寶哥哥便只能「遞過去」給她。一人讀後再給另一人讀，各讀各的，也就不是甚麼同讀了。

讀書本是純粹屬於個人的事，是寂寞的事啊！

説現在

⚫學其短

［題壁］

人生最繫戀者過去，最冀望者未來，最
悠忽者見在。夫過去已成逝水，勿容繫
也；未來茫如捕風，勿容冀也。獨此見在
之頃，或窮或通，時行時止，自有當然之
道，應盡之心。乃悠悠忽忽，姑俟異日，
諉責他人，歲月虛擲，良可浩歎。

‖ 孫奇逢 ‖

◎ 本文轉錄自王士禛《池北偶談》卷七《蘇門孫先生言行》。
◎ 孫奇逢，字啟泰，一字鍾元，學者稱「夏峯先生」，明清之際
　容城（今屬河北）人。

念樓讀

人們在生活中，對於過去，總是最為懷念，最為留戀的；對於未來，總是最多憧憬，最抱希望的；唯獨對於現在，卻往往最為忽視，最不要緊。

其實，過去的已經過去了，正如流逝的江水，縱使依依難捨，也不可能回頭。未來誰也無法預測，就像明年今日的天氣，想像着多麼晴和，卻難免不來風雨。只有此時、現在，才是屬於你的。不管現在是順利還是坎坷，是豐富還是困乏，你都可以去適應、去改變、去創造……

人如果不抓住現在，一味感懷昨日，等待明天，或者依賴別人、姑息自己，任憑大好光陰虛度，那就太可惜了。

念樓曰

孫奇逢在《清史稿·儒林一》中名列第一，第二、第三則分別是黃宗羲和王夫之。孔子評述弟子之所長，分為德行、言語、政事、文學四科，孫氏於後三項似均不及黃、王，但他「自力於庸行」，「以慎獨為宗，以體認天理為要，以日用倫常為實際」，更近於古希臘的智者哲人。

宋明理學，也談心性，但專門紹述聖賢，反不免迷失自我。孫奇逢於康熙三年（一六四四）因甲辰「大難錄」受牽連時，對門人說：「古來忠臣孝子，義士悌弟，只是能自作主張，學者正在此處着力。」

能抓住現在，還要能「自作主張」，才是有意義的生活。

明不明

學其短

[明初冤獄]

明初芥視臣僚，以非罪冤殺者無算。予於
魏蘇州觀之獄，尤痛恨焉。魏公治郡有
聲，即其浚河道，修府治，亦政中所應有
事。一經誣奏，致賢守才士，株連蔓抄，
雖極暗之世不至此。明朝之謂何？

‖龔煒‖

◎ 本文錄自龔煒《巢林筆談》卷五。
◎ 龔煒，字巢林，崑山（今屬江蘇）人。
◎ 魏蘇州觀，即明蘇州知府魏觀。魏觀在蘇有惠政，考績為天
下第一，已升任四川行省參政，因民眾挽留復任，後卻因修
復舊府衙（張士誠據吳時王宮），被誣「興既滅之基」，為明
太祖所殺。

⬤念樓讀

明朝初年，在皇帝心目中，臣民的性命，連一根草都不如。並未觸犯刑法，只為政治原因（其實是皇帝個人的喜怒），被冤枉殺掉的人，數也數不清。蘇州知府魏觀之死，尤其使我為之不平。

在蘇州這地方，百姓都知道魏觀是個好官。不必說疏浚河道，就是修理府城建築，也是地方官該做的事。只因一紙誣告，「興滅國，繼絕世」觸犯了政治忌諱，皇上想「從嚴治政」，藉此立威，立刻便人頭落地。這種不經司法程序，無懲罰條例可依，由最高「指示」斷人生死的搞法，只在最黑暗的專制統治下才會有。

最黑暗的統治，偏要自稱「明」朝。大家想想看，它到底明不明？

⬤念樓曰

魏觀既未貪污受賄，更未殘民以逞，舊府治即使不該修，可修也絕非為張士誠「復國」。專制帝王，一怒即可殺人，一喜又可平反。臣民之生死，全繫於一人之手。此種「清明時世」，縱能飽食暖衣，恐亦無多生趣。

此文抓住魏觀一事，直斥「明」之不明。所謂厲行「法」治，其實法即君王意志；在下者無法可對其制約，只有「接受」的份。作者生當雍乾文字獄極盛之時，說起「前明」來鞭辟入裏，心中想着的恐怕還是「聖清」清不清。

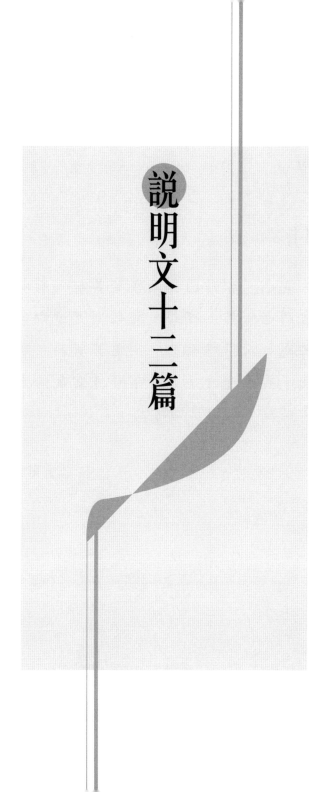

說明文十三篇

宮門的標誌

學其短

[闕]

闕，觀也。古每門樹兩觀於其前，所以標
表宮門也。其上可居，登之則可遠觀，故
謂之觀。人臣將至此，則思其所闕，故謂
之闕。其上皆丹堊，其下皆畫雲氣仙靈、
奇禽怪獸，以昭示四方焉。

‖ 崔豹 ‖

◎ 本文錄自崔豹《古今注・都邑》。
◎ 崔豹，西晉惠帝時燕國（在今河北）人，字正熊，官至太傅。

念樓讀

　　古時候造宮門，都要在兩邊建築很高的望台，作為宮門的標誌。台上要能住人，在上面能觀望很遠，所以稱之為「觀」。

　　宮門之內，便是帝王的居處。臣子去見帝王得誠惶誠恐，走到這裏，必須多想自己的闕（缺）失，所以又將「觀」稱為「闕」。

　　闕上面的樓台，塗飾得莊嚴明亮。下面的牆壁上則畫出諸方神像、異獸珍禽，顯示皇室的威嚴和氣派。

念樓曰

　　闕這種建築形式，後世慢慢變樣，終於消失了。北京故宮午門兩側的「闕左門」和「闕右門」，只在門楣上留了個字，遊人過此，大約不會再眼觀鼻、鼻觀心地「思其所闕」了。

　　「存在決定意識」這句話，從學「猴子變人」起即已背熟。奇怪的是，闕這種東西自從西晉以後即不復存在，泥馬渡江只求「臨安」的南宋朝廷更無力恢復古建築，可是岳飛精忠報國，卻說是為了「待從頭，收拾舊山河，朝天闕」。再八百年後的王國維，也因「不忍宮闕蒙塵」，覺得「義無再辱」，捐了「五十之年」的生命。

　　作為宮門的標誌，闕的象徵意義，真是夠大的。蓋君王崇拜深入舊國民意識，闕雖已蕩為丘墟，作為皇權代表的意義卻依然存在。君不見，「文革」中萬人高呼「萬歲」，現在「聖地」也還有人三跪九叩首嗎。

煎魚餅

學其短

[餅炙]

作餅炙法：取好白魚，淨治，除骨取肉，琢得三升。熟豬肉肥者一升，細琢。酢五合，葱、瓜菹各二合，薑、橘皮各半合，魚醬汁三合。看鹹淡多少鹽之，適口取足。作餅如升盞大，厚五分，熟油微火煎之，色赤便熟，可食。

‖ 賈思勰 ‖

◎ 本文錄自賈思勰《齊民要術》卷第九「炙法」第八十。
◎ 賈思勰，北魏齊郡益都（今屬山東）人。

念樓讀

做煎魚餅的方法是這樣的：

先選用好的白魚，整治乾淨，去骨刺，將肉斬碎備用。熟肥豬肉斬碎備用。

取碎魚肉三升與碎肥豬肉一升混合，再用刀剁成細茸狀。加入醋五合，切細的蔥和醬瓜各二合，薑末和碎橘皮各半合，魚露三合。按食者口味適當加鹽。和勻後做成大如杯口、厚約半寸的餅，入熟油鍋，以小火煎成暗紅色，便可以食用了。

念樓曰

《四庫全書》將《齊民要術》列為子部農家第一，「提要」引《文獻通考》稱其「專主民事」，賈氏序文自謂「起自耕農，終於醯醢」。「民事」即「民生之事」，食事當然居首。「醯醢」即調味品。可見中國早就講究烹調，美食大國的稱號可以居之不疑。

賈思勰在文學上似乎沒甚麼地位，但此篇作說明文看實在寫得不壞。一千二百年後袁子才撰《隨園食單》，記魚圓做法，也是取白魚肉「斬化」，加熟豬油拌和，入微鹽、蔥薑汁做團，反嫌不詳，文字亦不如此篇質樸可喜。

過「苦日子」時，好不容易弄點魚肉，我也鄭重其事親自下過廚。手翻菜譜，最感為難的就是「料酒五錢、胡椒粉一分」（如今的零點五克、一點五克更不易掌握）……心想還不如以容量計數好，如今不用升、合，就用一湯匙、一茶匙計量也更易操作，在這方面還真該學學《齊民要術》。

虎皮鸚鵡

學其短

［桐花鳥］

劍南彭蜀間，有鳥大如指，五色畢具，有冠似鳳。食桐花，每桐結花即來，桐花落即去，不知何之，俗謂之桐花鳥。極馴善，止於婦人釵上，客終席不飛。人愛之，無所害也。

‖ 李昉 ‖

◎ 本篇錄自《太平廣記》卷四六三「禽鳥四」。《太平廣記》共五百卷，李昉等撰。

◎ 李昉，字明遠，宋初深州饒陽（今屬河北）人。

◎ 劍南彭蜀，今四川彭州、崇州等地。

念樓讀

　　川中彭州、蜀州地方，常見一種美麗的小鳥，軀體才如人的拇指，羽毛五顏六色，頭上有冠羽，就像微型的小鳳凰。牠愛吃桐花，每年桐樹開花時，羣集在桐樹上，桐花謝了，即難見其蹤跡，因此人們叫牠桐花鳥。

　　桐花鳥野生的似乎不易捕得，人工飼養的卻很溫馴，容易調教。常見牠站立在陪酒女郎釵頭上，直到酒闌席散，也不飛離。

念樓曰

　　郎似桐花，妾似桐花鳳。

　　王漁洋的這兩句詞，不知曾勾起多少情思。

　　四川的這種小鳥，在唐時即已大大聞名。除了張鷟以外，地位和文名比張鷟高得多的李德裕在《畫桐花鳳扇賦》的序文中，也曾這樣描寫過這種美麗的小鳥：

　　成都夾岷江磯岸，多植紫桐，每至暮春，有靈禽五色，小於玄鳥，來集桐花，以飲朝露。及花落則煙飛雨散，不知所往……

而牠站在美人釵頭的形象，尤易引人憐愛。《釵頭鳳》這個詞牌，可能便是由此而來。

　　桐花鳳現在沒人提起了，我以為便是如今的虎皮鸚鵡。《瑯嬛記》說桐花鳳又稱「收香倒掛」。高青丘詠「倒掛」詩「綠衣小鳳」云云，描寫的形態與虎皮鸚鵡正合，但不知在四川還有沒有自由活動在桐花樹上的虎皮鸚鵡？

地 理 模 型

學其短

［木圖］

予奉使按邊，始為木圖，寫其山川道路。其初遍履山川，旋以麫糊木屑，寫其形勢於木案上。未幾寒凍，木屑不可為，又熔蠟為之。皆欲其輕，易齎故也。至官所，則以木刻上之。上召輔臣同觀，乃詔邊州皆為木圖，藏於內府。

‖ 沈括 ‖

◎ 本文錄自沈括《夢溪筆談》卷二十五，原無題。
◎ 沈括，字存中，晚號夢溪丈人，北宋錢塘（今杭州）人。

念樓讀

沈括出使北國，行經邊境時，開始在板上標記山川形勢和道路旅程。為了求得準確，標記的地方都經過踏勘。隨即覺得這樣做顯示不出地形起伏，便用糨糊調和細木屑，在板面上堆塑山脈河流，做成地形模型。但天氣一冷，糨糊凍結了，便不能堆塑，於是又改用熔融的蠟來做。蠟質較輕，旅行攜帶也較方便。

後來到了邊防任所，安置下來，又改用雕刻的方法，全用木製成地形模型，呈送朝廷。皇上召集宰輔大臣看了，下令邊疆各州都要做了送上去，將模型收藏在中央機關，以備討論邊防邊政時參照。

念樓日

沈括所製「木圖」，是有記載的世界最早的地理模型。歐洲瑞士人開始做同樣的事，已經到了十八世紀，遲於沈括七百餘年。

《夢溪筆談》記點石成銀、佛牙神異、彭蠡小龍諸事，亦與其他誌異小說無殊；但不少觀察和實驗的記錄，尤其是製「木圖」這類實踐活動，確實閃耀着科學的光芒。沈括的頭腦中，蘊藏着不遜於後來培根、笛卡兒、伽利略諸人的智慧。因而又想到，我們的墨子也生在亞里士多德之前，其分析物理的思辨水平並不遜於亞氏。何以現代科學思想和方法只能產生於泰西，賽先生要到二十世紀初，才說要請到中國來呢？

以蟲治蟲

學其短

[養柑蟻]

廣南可耕之地少，民多種柑橘以圖利，常患小蟲，損失其實。惟樹多蟻，則蟲不能生，故園戶之家，買蟻於人。遂有收蟻而販者，用豬羊脬盛脂其中，張口置蟻穴旁，俟蟻入中，則持之而去，謂之養柑蟻。

‖ 莊綽 ‖

◎ 本文錄自莊綽《雞肋編》卷下，原無題。
◎ 莊綽，字季裕，宋惠安（今屬福建）人。

念樓讀

　　五嶺以南耕地不足，許多農民靠種柑橘為生，很怕害蟲影響收成。有一種螞蟻能剋治害蟲，橘樹上螞蟻一多，害蟲便絕跡了。種橘的人家都需要螞蟻，願意出錢買，於是便出現了「養柑蟻」的專業戶。

　　「養柑蟻」的方法，是先準備好豬或羊的膀胱，在裏面塗抹油脂，敞開口放在螞蟻洞旁邊。等膀胱裏面爬滿了螞蟻，便紮起口子，拿去賣給需要的橘農。

念樓曰

　　生物防治，在現代農藝學上號稱新技術，其實古已有之。《雞肋編》成書於南宋紹興三年即一一三三年，距今近九百年。當時嶺南「以蟲治蟲」如此普及，甚至出現了專業戶，可見這早已是一項成功的技術。值得研究的是，為甚麼後來它又失傳了呢？

　　古人各類著作中，有關自然史和工藝技術史的材料本來就不多，尤其是其中往往夾雜些荒誕的東西，或勉強加上意識形態的說教，更加影響了科學性。像這樣翔實明白的記載，要算最珍貴的了。

　　這些材料，似乎應該引起各科專家的注意。但是如今自然科學、技術科學的學者中，大約已少有如胡先驌、張其昀、黃萬里那樣兼通文史的，看過《雞肋編》的也不知有沒有。

鳳凰不如我

學其短

［寒號蟲］

曷旦，乃候時之鳥也，五台諸山甚多，其狀如小雞，四足，有肉翅。夏月毛采五色，自鳴若曰：「鳳凰不如我。」至冬毛落如雞雛，忍寒而號曰：「得過且過。」其屎恆集一處，氣甚臊惡，粒大如豆，採之有如糊者，有粘塊如糖者。人亦以砂石雜而貨之，凡用，以糖心潤澤者為真。

‖ 李時珍 ‖

◎ 本文錄自李時珍《本草綱目》卷四十八。
◎ 李時珍，字東璧，明湖廣蘄州（今湖北蘄春）人。
◎ 曷旦，即盍旦。《禮記·坊記》引《詩經》云：「相彼盍旦，尚猶患之。」注疏云：「盍旦，夜鳴求旦之鳥也。」李時珍曰：「楊氏《丹鉛錄》謂寒號蟲即鶡鴠，今從之。」

念樓讀

寒號蟲即經書中的曷旦，是夜裏叫着等天亮的鳥，五台山中很多，體如小雞，卻有四足，還有皮膜如翅。夏天牠有一身很好看的毛，叫起來好像在自鳴得意：

鳳凰不如我！鳳凰不如我！

到冬天毛都脫落了，光着身子挨凍，又叫道：

得過且過！得過且過！

牠的糞便（入藥叫五靈脂）常堆積在一處，氣味很難聞，外觀像豆粒，有時黏結如糊如糖。採集出售的人往往摻入砂石，但應選用無摻雜、潤澤糖心的。

念樓曰

《本草綱目》收藥用動植礦物一千八百九十二種，是藥物學和分類學巨著。但將狀如蝙蝠的寒號蟲附會為經書中的曷旦，歸入「禽部」，卻是盲從。正如「文革」中寫甚麼都要冠以「最高指示」，難免文不對題，亦名著之小疵。

此文所記錄的「禽言」，卻比「姑惡」「不如歸去」等更為精彩。當胡風、艾青、冰心諸位老詩人都成了「反革命」「右派」「資產階級」，×××卻因一紙「上諭」稱同志，一首《五七幹校頌》，當上了「左派詩人」，此時的他自有「鳳凰不如我」之感。如今則其「左德」既不足以服人，其「左才」更不堪聞問，只能靠榮譽頭銜和特殊津貼維持門面，終於淪為「得過且過」的角色了。

鋤頭的快口

學其短

［鋤鎛］

凡治地生物，用鋤鎛之屬，熟鐵鍛成，熔化生鐵淋口，入水淬健，即成剛勁。每鍬鋤重一斤者，淋生鐵三錢為率，少則不堅，多則過剛而折。

‖ 宋應星 ‖

◎ 本文錄自宋應星《天工開物》第十「錘鍛」。
◎ 宋應星，字長庚，明江西奉新人。

念樓讀

凡種植作物、挖土除草，都要用鋤頭。無論哪種鋤頭，窄口也好，寬口也好，都是熟鐵鍛打成的，但必須以生鐵淋口，鋤口才有剛性，才能挖掘泥土。這是製鋤的訣竅。

淋口，是先將生鐵熔成鐵水，趁鍛件赤熱時，拿鐵水淋在鋤口上。淋口以後，鋤口還要淬火。紅熱的鋤口淬入水中驟然冷卻，表面硬度增加，經過修銼，用起來才會快。

根據經驗，鋤頭重一斤（合五百克），淋三錢（合十五克）生鐵水正好。少了，硬度不夠；過多，太硬而沒有韌性，使用時鋤口容易崩折。

念樓曰

歐洲學者說《天工開物》是「中國十七世紀的工藝百科全書」，大體不錯。作者記述多憑實際觀察而來，很少因襲陳言，摻雜迷信或加上道德的說教。因襲或說教這些都是古時讀書人「格物」的通病，即李時珍亦未能免。

中國用鐵的歷史並不是世界上最長的，但在冶煉和鑄鍛工藝上確有獨特的創造，「生鐵淋口」便是其一。現在鄉下鐵匠打鋤頭，仍然有用此法的。這實際上便是用「淋」的辦法，在質軟的鍛鐵表面加上極薄的一層硬而脆的白口鐵，再通過淬火使其「金相」發生變化，更加符合使用的要求，現代金屬工藝學將這稱為「表面處理」。

灶王爺

學其短

[灶神]

《萬畢術》云，灶神晦日歸天，白人罪過。
《酉陽雜俎》云，灶神有六女，常以月晦上
天，白人罪狀，大者奪紀，小者奪算。然
則今以廿四五持齋者，不太蚤計耶？

║ 謝肇淛 ║

◎ 本文錄自謝肇淛《五雜組》卷之二，原無題。
◎ 謝肇淛，字在杭，福建長樂人，明萬曆進士。

念樓讀

有的書中說，灶王爺每月三十日上天報告凡人的過錯。段成式筆記也說，灶王爺有六個女兒，每月底上天去檢舉人家的罪行，罪重者罰短命十二年，罪輕者也總要折陽壽。

所以人們都怕灶王爺，有人每月二十四五起便吃齋唸佛。其實，真心做好事，何必在這五六天。若只是為了應付月底那一天的檢查，從二十四五起不又太早了麼？

念樓曰

《五雜組》是明朝謝肇淛的著作，多記民間風俗和自然現象，周作人對它評價很高。這一則寫灶王爺監督各家各戶，定期檢舉揭發的情形，若和現實相對照，更有意思。

元朝時候，若干戶人家得供養一位阿合馬或呼圖魯，讓他管着。後來辦保甲，聯保聯坐，更為周密，隨時檢舉揭發，並不限於月底。但統治者還不放心，若能跟玉皇大帝那樣，家家派一個灶王爺，手下還有六名女將，每個老百姓日夜都有幾雙眼睛盯住，那才好呢。

但老百姓也有老百姓的辦法，到二十四五吃幾天齋，初一初二再開始打牙祭就是了。更為簡便而有效的，則是送幾塊扯麻糖，讓灶王爺甜一甜嘴（有人說是粘住嘴皮，但我想米熬的糖不會有這麼大黏性），自然不會亂打小報告。人間一派祥和，上天也會高興。

珍奇的書桌

學其短

[琥珀案]

元輔巴公籍沒時，寶貨不可勝紀。有一書案，純以琥珀琢成，面嵌水晶，方廣二尺，下承以替，高可三寸，亦以水晶為之，貯水蓄金魚數頭，朱鱗碧藻，恍若麗空，見者歎為奇器。

‖ 鈕琇 ‖

◎ 本文錄自鈕琇《觚賸》卷四《燕觚》。
◎ 鈕琇，字玉樵，清江蘇吳江人。
◎ 元輔巴公，可能指巴泰。巴泰於康熙初年授大學士，康熙二十三年（一六八四）去職。
◎ 替，同「厔」。

念樓讀

巴相國出事，被抄家沒收財產，抄出來的奇珍異寶，多得簡直無法計數。有一張書桌，桌身全部用琥珀製成。桌面上嵌一整塊水晶，長、寬各二尺。下面的抽屜也用水晶製成，深約三寸。屜中蓄着水，養了幾條金魚。朱紅色的魚，碧綠的水草，都像游弋在透明的空中。見到的人，無不嘖嘖稱奇。

念樓曰

舊籍中所載「奇器」，有些頗有工藝美術史資料的價值。琥珀是古代松脂的化石，拼接黏合雖然可能，要做成嚴絲合縫的書桌，仍然需要精巧的手藝。水晶則是二氧化硅的純淨結晶體，如何加工成「方廣二尺」的板材，又如何做成能蓄水的抽屜，真不可思議。

《觚賸》成書於康熙四十年（一七〇一）前後，這時荷蘭人已將玻璃製鏡帶來中國，稱「紅毛光」，也許鈕琇所見者是荷蘭人帶來的玻璃板。但此亦是寶貨，非王公貴族，斷不會有。

有趣的是，諸如此類的珍奇寶物，收藏在豪門巨邸中，要不是他們窩裏鬥，「反腐敗」，揭露一部分出來，小民和文士們又怎能見到？觀《天水冰山錄》（記籍沒嚴嵩家產事）、和珅抄家單、康生「文革」所取文物圖書一覽表，均不禁咋舌。好在這些東西總還保存於世，若由張獻忠、楊秀清們來處理，則阿房一炬，影子也沒有了。

相爺的名片

學其短

[嚴嵩拜帖]

額岳齋司農云：舊聞嚴嵩當國時，凡質庫能得嚴府持一帖往候者，則獻程儀三千兩。蓋得此一帖，即可免外侮之患。金陵三山街松茂典猶藏此帖，以為古玩。帖寫「嵩拜」二字，字體學魯公，大可五寸，紙四邊不留餘地。乾隆四十五年曾親見之。

‖姚元之‖

◎ 本文錄自姚元之《竹葉亭雜記》卷七。
◎ 姚元之，清嘉、道時安徽桐城人。
◎ 嚴嵩，明江西分宜人，嘉靖時為相，攬權二十年，後革職為民。

● 念樓讀

聽說嚴嵩當權時，誰要是能夠拿一張嚴嵩的名片，到某家大當鋪去「拜會」一次，便可以從那家當鋪裏得到三千兩銀子的酬勞。因為有了這張名片，便沒有任何人敢去那裏找麻煩了。

現在南京三山街上的「松茂典」，就還收藏着一張這樣的名片。「嵩拜」二字寫的是顏體，有五寸大，把整張紙都寫滿了。乾隆五十四年（一七八九）間，我曾經在那裏親眼見過。

● 念樓曰

嚴嵩的字寫得好，大概沒有問題，北京有名的「六必居」，那三個大字至今還保存着。但名片上的兩個字，無論如何也值不得三千兩，如果寫的人不是「當國」的首輔。

得了當朝首輔的一張名片，這位老闆就保足了險，合法經營也好，非法經營也好，都不怕誰會來找麻煩，「獻程儀三千兩」，值哪！

大款靠大官當保護傘，大官則靠大款來「獻程儀」，看來自古即是如此，也是「傳統」。

不同的是，嚴嵩的字確實寫得好，所以他垮了台、罷了官，別人「猶藏此帖，以為古玩」，如今的大官寫的，只怕差得遠。

需要說明一點，民國以前的名片（帖），通常都是手寫的，隨寫隨用。我所見者，也有字大兩三寸的。

乞巧

學其短

[䃼巧]

七日前夕，以杯盛鴛鴦水，掬和，露中庭。天明日出，曬之。徐俟水膜生面，各拈小針，投之使浮。因視水底針影之所似，以驗智魯，謂之䃼巧。

‖ 顧祿 ‖

◎ 本文錄自顧祿《清嘉錄》卷七。
◎ 顧祿，清嘉、道時蘇州人。
◎ 䃼，音 dǔ，落石也，吳人謂棄擲曰「䃼」。

念樓讀

七月初七人稱「乞巧節」，在頭天的晚上，蘇州的女孩子各自將陰陽水（開水和生冷水各一半摻和）一杯攪勻，在露天底下敞放一夜，日出後曬上一陣子。然後每人各拿一根繡花針，輕輕地放在水面上，注意不使下沉；再看針映在杯底的影子像甚麼事物，以此來判斷心靈手巧的程度。蘇州人把這叫「礐巧」，大概也就是「乞巧」吧。

念樓曰

「金風玉露一相逢，便勝卻人間無數」，七月初七牛郎織女鵲橋相會，這是中國少有的美的神話，很能激起女孩子們的想像和憧憬，是她們使這一天成為「女兒節」。許多風俗活動，破例全是由女孩們來辦的。現存較古老的風俗志《荊楚歲時記》記載：

> 七月七日為牽牛織女聚會之夜。是夕，人家婦女結綵縷，穿七孔針，或以金銀石為針；陳瓜果於庭中以乞巧，有喜子網於瓜上，則以為符應。

這裏寫到了穿針、乞巧，卻沒有寫到水面放針的事。

《荊楚歲時記》成書於南朝梁時（六世紀初），《清嘉錄》成書於十九世紀初，蘇州女孩們針「以驗智魯」，大概是「乞巧」風俗在這十三個世紀中的延伸和變相。

男耕女織時期，針線活代表了女子的慧巧程度。月下穿針和水面放針，正是她們表現心靈手巧的機會。

縮微玩物

學其短

[小擺設]

好事者供小財神，大不逾尺，而台閣、几
案、盤匜、衣冠、鹵簿、樂器、博弈、戲
具、什物，亦縮至徑寸，無不稱之，俗呼
小擺設。士女縱觀，門闌如市。

│ 顧祿 │

◎ 本文錄自顧祿《清嘉錄》卷八。
◎ 顧祿，見頁七二注。

⬤念樓讀

蘇州人喜歡供奉財神，有一種不到一尺高的小財神，精雕細刻，頗堪欣賞。手工藝人製作出來供人賞玩的，還有小型的樓台、桌椅、杯盤、衣帽、儀仗、樂器、賭具、戲具和其他日用雜物，都縮小到只有寸許大，稱為「小擺設」。出售這種工藝品的地方，總有許多男女圍觀，熱鬧得很。

⬤念樓曰

二十世紀八十年代初遊蘇州，在拙政園、滄浪亭、劉莊等處，還有人兜售這種「小擺設」，它們多是紅木做成的小太師椅、小貴妃榻之類，高或長一般只有五六厘米，也就是一寸多到兩寸，而接榫精密，鑲嵌入微，完全是明式古董家具的縮影，十分可愛。據說製作者多已年邁，歇業多年，改革開放後才重操舊業，不久即將辭世，故欲購必須從速云。

將社會生活中的各種事物，「縮微」成為玩物，的確是很有意思的，外國的車船飛機模型，還有「芭比娃娃」，亦屬此類，而蘇州自明清以來即有此傳統。《桐橋倚棹錄》「市廛」「工作」部中所記絹人「多為仕女之形」，「又有童子拜觀音、嫦娥遊月宮……諸戲名，外飾方匣，中遊沙斗，能使龍女擊缽，善才折腰，玉兔搗藥，工巧絕倫」，「竹木之玩，則有腰籃、響魚、花筒、馬桶、腳盆，縮至徑寸」，「寶塔、木魚、琵琶、胡琴、洋琴、弦子、笙笛、皮鼓、諸般兵器，皆具體而微」。這些和《清嘉錄》中的記載，都是玩具史的好材料。

巧合

⬤ 學其短

[北京城門]

明崇禎之際，題北京西向之門曰順治，南
向之門曰永昌，不謂遂為改代之讖。流寇
入京，永昌乃為自成年號。清兵繼至，順
治亦為清代入主之紀元。事殆有先定歟？
禁城東華、西華二門對峙，然至民國，則
中門易為中華，亦若預為之地者，謂之巧
合可矣。

‖ 夏仁虎 ‖

◎ 本文錄自夏仁虎《舊京瑣記》卷八。
◎ 夏仁虎，南京人，清光緒舉人，二十世紀五十年代為中央文
史館館員。

念樓讀

明朝崇禎年間，皇帝一度將北京西邊一座城門改稱「順治門」，南邊一座城門改稱「永昌門」。沒多久「闖王」進京，年號便叫「永昌」。隨後清兵入關，多爾袞保福臨登上了金鑾殿，年號又叫「順治」。崇禎改的兩個名字，正好都用上了。

紫禁城的東邊有座東華門，西邊有座西華門，中間的午門，民國後改稱「中華門」，好像預先留在那兒準備換名號似的，也可算是巧合。

念樓曰

《舊京瑣記》的作者枝巢子（夏仁虎）久居北京，熟悉掌故，他知道北京的城牆和城門都是明朝修建的。永樂十九年（一四二一）建成內城，設九座城門，有所謂「九門提督」；嘉靖二十三年（一五四四）又建成南邊的外城，設七座城門。城門的名稱，在明朝有過改動，入清後倒是沒有再改，一直沿用下來。

崇禎改稱「永昌門」，李自成便建號「永昌」；改稱「順治門」，愛新覺羅家便建號「順治」，似乎是巧合。但如果說，「永昌」「順治」都是好字眼，題在城門上更加深入人心，因此便成新朝建元的首選，倒是一種合情合理的推測。

在讀《舊京瑣記》的同時，我又看了《日下舊聞考》，卷十九補輯《春明夢餘錄》云：

> 遼之正殿曰「洪武」，元之正殿曰「大明」。是後之國號、年號，已見於此，誰謂非定數也。

古人說是定數，如今就只能說是巧合了。

抒情文十一篇

月下

🔵學其短

［雜題一則］

夜來月下臥醒，花影零亂，滿人衿袖，疑
如濯魄於冰壺也。

‖李白‖

◎ 本文錄自《李太白文集》卷三十《雜題》，共四則，此為其二。
篇末注引《方輿勝覽》云：「象耳山在眉州彭山縣，有太白書
台，有石刻留題云云。」
◎ 李白，字太白，幼時遷居綿州昌隆（今四川江油）。

八〇

●念樓讀

半夜醒來，只見皓月當空，自己原來睡在戶外。月亮的光灑遍了地面，也灑遍了我全身。花和樹的影子，在衣服上縱橫交錯；月光如水，它們便像是水草。我的心魂浮游在月光的海洋中，上下四方，全都是清冷的月光和月色。

●念樓曰

王琦注《李太白文集》卷三十，《詩文拾遺》有《雜題》四則，云原見《龍江夢餘錄》，又云：「類書中多摘引太白詩句，然不能無錯繆。」那麼，這四則《雜題》到底是不是李白的作品，恐怕也和「平林漠漠煙如織」和「秦娥夢斷秦樓月」一樣，千載而後還會有爭論。

語云，君子惡居下流，天下之惡皆歸焉。故希魔作畫，江青演戲，未嘗無一毫可取，而人皆厭惡之。而另一方面，也可以說才人幸居上流，天下之美皆歸焉。鐵杵磨針，騎鯨捉月，「百代詞曲之祖」都歸了他，這幾則《雜題》亦猶是耳。

時間過去了一千三百來年，我們這些後輩，智商比李白增了多少，恐不好說。如果太白從月下醒來想寫詩，給他一台電腦，他肯定不會用，這能否證明我們就比他「進化」了呢？

聽說台灣有位太白後人，說他自己的文章超過了所有前人，諾貝爾獎本要歸於他，後來才被姓高的小子搶了去，這也許才是「進化」的實例。

江上的笛聲

學其短

［李牟吹笛］

李牟秋夜吹笛於瓜洲。舟楫甚隘，初發調，羣動皆息。及數奏，微風颯然而至。又俄頃，舟人賈客，皆有怨歎悲泣之聲。

｜李肇｜

◎ 本文錄自李肇《唐國史補》，原無題。
◎ 李肇，唐長慶、大（太）和時人。
◎ 瓜洲，向為長江南北水運交通要衝。

念樓讀

一個秋天的晚上，李牟在瓜洲江邊的一艘小船上，吹起了他的笛子。

船隻很小，卻坐滿了人，停泊在渡口上的船又多，所以船內船外都充滿着嘈雜的聲音。可是嘹亮的笛音一起，發聲的人們立刻便靜了下來。

笛音不僅使人覺得悅耳，好像還帶來了絲絲涼意，有如從江上輕輕吹過的清風，驅散了煩囂和鬱悶。

吹奏的曲調，漸漸由婉轉變為淒涼。這時所有的聽眾，包括鄰船上的客商和水手，都沉浸在哀傷之中，有的低頭垂淚，有的忍不住哽咽抽泣……

念樓曰

在我的印象裏，古人聽音樂，寫的詩不少，寫得好的也多。白居易聽琵琶，韓愈聽琴，李頎聽琴、聽胡笳、聽篳篥，精彩的句子我至今還能背誦得出。可是用散文寫音樂，尤其是像這樣着重寫音樂在聽眾心裏引起的感受的，我卻極少讀到。一直到後來白話文登場，才有《紅樓夢》第八十七回和《老殘遊記》第二回那樣的描寫。這情形和看圖畫不同，題畫的詩雖多，卻難得比過韓愈《畫記》和鄭板橋題畫的文字。這是甚麼緣故呢？真希望學美學的朋友們能講出點道理來。

習字

[學書為樂]

蘇子美嘗言，明窗淨几，筆硯紙墨皆極精
良，亦自是人生一樂事。能得此樂者甚
稀，其不為外物移其好者，又特稀也。余
晚知此趣，恨字體不工，不能到古人佳
處。若以為樂，則自給有餘。

‖ 歐陽修 ‖

◎ 本文錄自《歐陽文忠公全集》卷一百三十《試筆》。
◎ 歐陽修，見頁二八注。
◎ 蘇子美，名舜欽，北宋綿州鹽泉（今四川綿陽市東南）人。

念樓讀

蘇子美談起習字的樂趣，窗戶要通明透亮，桌子要乾乾淨淨，紙筆墨硯都得選用最精良最好的，這時寫起字來便會有一種特別的感覺，覺得這真是生活中很快樂的事情。

他說得不錯，但那樣的條件恐怕不是人人都能辦到的。如果不具備條件，或雖有條件卻受到外界干擾，仍能從習字中得到真正的樂趣，那就更加難得了。

我進入晚年後，才慢慢嘗到這種樂趣。只恨字總是寫不好，難以達到古人的境界。但我本就沒有這樣的奢望，只求自得其樂，所以感覺也還不錯。

念樓曰

這是歐陽修習字留下的「試筆」，是蘇轍收集保存下來的，連它在內共有幾十件。蘇軾跋云：

> 此數十紙，皆文忠公衝口而出，縱手而成，初不加意者也。其文采字畫，皆有自然絕人之姿，信天下之奇跡也。

此「初不加意」「縱手而成」的試筆，其實並不比這位唐宋八大家之一的正經文章差。

文中對於明窗淨几並無貶斥之意，審美也是需要條件的嘛，要緊的是應將個人內心修養看得比外部條件更重要。若能做到「不為外物移其好」，那就即使「初不加意」，也能寫出字、寫出文章來。能不能「到古人佳處」不必管，能夠自得其樂便好。

怨華年

學其短

[長亭怨慢小序]

予頗喜自製曲，初率意為長短句，然後協
以律，故前後闋多不同。桓大司馬云：「昔
年種柳，依依漢南。今看搖落，淒愴江潭。
樹猶如此，人何以堪！」此語余深愛之。

‖ 姜夔 ‖

◎ 本文錄自姜夔《白石道人歌曲》卷四。
◎ 姜夔，字堯章，號白石道人，南宋饒州鄱陽（今屬江西）人。
◎ 桓大司馬，即桓溫。
◎「昔年種柳」六句，引自庾信《枯樹賦》。

念樓讀

　　我作詞喜歡自己配曲，不喜歡照着現成的詞譜來「填」；總是先寫詞句，句式長短不受拘束，然後再譜曲。既然上下片的句式未必全同，譜成的曲調也就不一定簡單地重複了。

　　起意作這首詞，則全是因為在《枯樹賦》中讀了桓溫老來重見昔年所栽柳樹時說的話：

　　當年我栽小柳樹，嫩葉柔條依依在身旁。

　　今日重來看柳樹，枯枝敗葉搖落向秋江。

　　柳樹啊你都老了，我又怎能禁得這風霜。

這些話流露出人生無常的感傷，深深地打動了我，使我的心情久久不能平靜，想要寫。

　　於是便寫了這首《長亭怨慢》。

念樓曰

　　王國維說：「古今詞人格調之高，無如白石。」白石的詞，一是格調高，如「數峯清苦，商略黃昏雨」，「二十四橋仍在，波心蕩，冷月無聲」，真如張炎所評，似「孤雲野鶴，去留無跡」。二是情思深，就像這首《長亭怨慢》中的警策，也是全篇的主題：

　　閱人多矣，誰得似，長亭樹？

　　樹若有情時，不會得青青如此。

這不只是共鳴，不只是因桓溫說「樹猶如此」生發的感慨，更是從自己身世飄零，聯想到閱人多矣的長亭樹，樹未必有情，故得青青如此，而人不能無情，就只能哀怨華年易逝了。

我愛獨行

學其短

[歸程小記]

予每北上，常翛然獨往來。一與人同，未免屈意以徇之，殊非其性。杜子美詩：「眼前無俗物，多病也身輕。」子美真可語也。昨自瓜州渡江，四顧無人，獨覽江山之勝，殊為快適。過㳛墅，風雨蕭颯如高秋，西山屏列，遠近掩映，憑闌眺望，亦是奇遊。山不必陟乃佳也。

‖ 歸有光 ‖

◎ 本文錄自歸有光《震川先生集》別集卷六。
◎ 歸有光，字震川，明江蘇崑山人。
◎ 眼前無俗物，該句見杜子美（甫）詩《漫成二首》，通行本作「眼邊無俗物」。

念樓讀

每次進京會試，我總是獨往獨來。因為旅行也是個人的生活，如果隨行結伴，總不免要遷就別人，委屈自己，這是我很不樂意的。杜甫詩云：

眼前無俗物，多病也身輕。

寧願生病，也不願跟氣味不相投的人行走在一起。老杜若是還在，和我倒也許會有共同的語言。

此次從瓜州渡大江，船上未載旁人，四顧茫茫，江天盡歸眼底，暢快至極。接着走運河，過滸墅關，儘管有風有雨，秋氣已深，卻憑欄飽看了太湖山色，山峯遠近高低，相映成趣。不勞腿腳，便可遊山，也算不虛此行了。

念樓日

歸有光嘉靖十九年（庚子，一五四〇）中舉後，一連八次進京會試均不利，直到六十歲才成進士。本文為其《己未會試雜記》中的一則，己未即嘉靖三十八年（一五五九），這次又是鎩羽而歸，而他心情瀟灑，夷然不屑的神態自然流露，正可喜也。

此時歸氏文名已重江南，應試的文章卻仍然難得合格。可是眼前的「俗物」，卻一個個都先他跳進龍門，春風得意了。考試衡文的標準，從來便是靠不住的。

我喜歡歸氏的文章，覺得《先妣事略》《項脊軒志》《寒花葬志》都可讀。他雖被稱為「唐宋派」，其實已經走出「八大家」的範圍，個人色彩漸濃，已開晚明風氣。

日長如小年

學其短

［此坐］

一鳩呼雨，修篁靜立。茗碗時供，野芳暗
度。又有兩鳥，咿嚶林外，均節天成。童
子倚爐觸屏，忽鼾忽止。念既虛閒，室復
幽曠，無事此坐，長如小年。

‖ 張大復 ‖

◎ 本文錄自張大復《梅花草堂筆談》卷二。
◎ 張大復，字元長，晚明崑山（今屬江蘇）人。
◎ 宋人唐庚《醉眠》詩：「山靜似太古，日長如小年。」

念樓讀

　　天上沒有起半點風。屋前屋後那些長得高高的竹子，枝葉動也不動。不知從哪裏飛來一隻斑鳩，在外邊叫起來。幾聲啼呼，使四周顯得更加寂靜。

　　我在屋子裏靜靜地坐着，默默面對着送上來的茶點，聞着窗外野花的淡淡香味。

　　過了些時，從竹林外又傳來了鳥兒的對唱，這比斑鳩那緊迫的啼聲聽起來舒服得多，簡直可以說是天然的音樂。我聽它聽得入了神，守坐在茶爐旁的童兒，卻將頭靠在屏風上睡着了，偶爾發出細小的鼾聲。

　　此時的我，覺得從自己心中，到屋子內外，到能夠感知的周圍的世界，全都消除了紛擾和煩憂，連時間都彷彿變慢了。宋人云「山靜似太古，日長如小年」，可不是麼？

念樓曰

　　晚明小品寫閒適，曾被罵為反動。此文是寫閒適的一個例子，我卻看不出多少反動來。

　　人生當然須盡責任，但片刻安閒、偶求舒適恐怕也是正常的需要。純粹的文人往往更看重精神上的寧靜，追求閒適實在無可厚非，因為他們在閒適過後也還要用心寫文章。

　　當時大罵閒適的人，住着洋房，養着二太太，吸着茄立克（煙的品牌名），其閒適的程度，較之靜坐聽鳥叫的，其實不知高出了多少倍。

夜之美

學其短

［夜中偶起］

夜中偶起，似可三更時分也。洑流薄岸，
頹蘿壓波，白月掛天，蘋風隱樹。四顧無
聲，遙村吠犬，漁棹潑剌，螢火亂飛，極
夜景之幽趣矣。

‖ 葉紹袁 ‖

◎ 本文錄自葉紹袁《甲行日注》卷六，此為丁亥七月十七日所
　記，原無題。
◎ 葉紹袁，字仲韶，別號天寥，明末吳江（今屬江蘇）人。
◎ 洑流，吳江近太湖，湖西有一條洑河，「洑流」應指洑河之
　流，不像是說回流之水，更不會是地下河。

念樓讀

　　夜裏偶然起牀，估計已是三更時分。河水悄悄地漲近了岸邊，從岸上下垂的藤蘿，幾乎接觸到了流水。皎潔的月亮高掛在空中，又大又明。輕風在樹梢間滑行，幾乎沒發出一點聲響。四周再不見有人活動，點綴着一片寂靜的，只有偶爾從遠處村落中傳來的幾聲狗叫，再就是在附近停泊的漁船旁，間或有魚兒在水中跳躍。曳着碧光的螢火蟲，在近水處亂飛……

　　我完全沉浸在這無垠的寂靜之美中。

念樓曰

　　《甲行日注》始作於甲申明亡之後的乙酉年（一六四五），是遺民的作品，極富《黍離》《麥秀》之感，如「故鄉風景半似遼陽以東矣，但村人未吹蘆管耳」之類描寫，多不勝舉，但也並非除此便不寫別的了。知堂在介紹此篇時說：

　　清言儷語，陸續而出，良由文人積習，無可如何，正如張宗子所說，雖劫火猛烈燒之不失也。

　　作者葉天寥在國破之前，即已家亡。他的女兒小鸞是有名的才女，不幸早死，夫人沈宛君也因哭女去世。葉氏曾在工部當官，主管修治京師城牆、河道，在別人這是發財的好機會，他卻在任期內反而賣掉了家產十分之八，弄得夫人死了，棺材錢都付不出，店主詬詈不止，他「惟有號泣旁皇而已」。會寫文章的人不會有錢，從葉氏看確實如此。

老年

學其短

[失題]

老人家是甚不待動，書兩三行，眵如膠矣。倒是那裏有唱三倒腔的，和村老漢都坐在板凳上，聽甚麼《飛龍鬧勾欄》，消遣時光，倒還使的。姚大哥說，十九日請看唱，割肉二斤，燒餅煮茄，盡足受用。不知真個請不請，若到眼前無動靜，便過紅土溝，吃碗大鍋粥也好。

‖ 傅山 ‖

◎ 本文錄自傅山《霜紅龕集》卷二十三。
◎ 傅山，字青主，明清之際山西陽曲人。
◎ 三倒腔，當時當地的一種民間戲曲，《飛龍鬧勾欄》應是其演出的節目之一。舊小說有《飛龍全傳》。

念樓讀

老年人幹甚都沒勁，想幹的也幹不動。動筆想寫寫字吧，還沒寫得兩三行，眼皮就開始發黏，漸漸用力睜也難得睜開了。

倒是哪裏有打花鼓唱「三倒腔」的，去跟村裏的老漢們一同擠坐在板凳上，聽聽《飛龍鬧勾欄》甚麼的，還多少有些興趣，可以打發時光。

姚大哥說十九日請聽戲，想他一定會割兩斤肉，烙幾張餅，時新瓜菜更不會少，又有吃的又可聽唱，豈不甚妙。但不知他是不是真的會來請，若到十七、十八還沒動靜，就上紅土溝去，弄碗大鍋粥喝喝也好。

念樓曰

傅青主的學問、文章、醫道，都極有名。康熙時對明遺民搞「統戰」，開「博學宏詞科」，指名要他去赴試，他裝病拒絕，又哪裏會是同村老漢坐板凳看社戲的角色。蓋正如他在另一篇文章中所云，「處亂世無一事可做」，故而如此，悲哉悲哉！

但他這樣寫這樣做，亦非做作，而是達人至性的流露。其嚮往姚大哥的燒餅煮茄，正好像日本俳句詩人小林一茶在等鄰人送來的年糕，他有一首著名的俳句：

來了罷來了罷的等了好久，飯同冰一樣的冷掉了，年糕終於不來。

是皆能不失其赤子之心，遠不是一心等通知開會的老同志所能企及的。

在秋風裏

學其短

[洞庭君山]

浩然之撼，杜陵之浮，何如太白之剗耶？
愚者嘗作詞曰：竟把青天，埋在秋風浪
裏。眇眇愁予，斑斑點點而已。

‖ 方以智 ‖

◎ 本文錄自方以智《浮山文集》。
◎ 方以智，字密之，別號浮山愚者，明清之際桐城人。
◎ 浩然之撼，孟浩然詩「氣蒸雲夢澤，波撼岳陽城」。
◎ 杜陵之浮，杜甫詩「吳楚東南坼，乾坤日夜浮」。
◎ 太白之剗，李白詩「剗卻君山好，平鋪湘水流」。
◎ 眇眇愁予，《九歌・湘夫人》句，「帝子降兮北渚，目眇眇兮
愁予」。

念樓讀

在洞庭湖上看君山，每個人都有不同的感受。

在孟浩然心目中，昔時雲夢澤，今日洞庭湖，八百里浩蕩波濤，是在拍打着千年歷史的節奏，居然能「撼」動岳陽城。

杜甫的眼界更寬，吳楚東南，乾坤日夜，大地和湖海充分體現了空間的廣大、時間的久遠，人只是「浮」在其中的一小點，欲求無限又是多麼不易。

我最羨慕的還是李白。「白銀盤裏一青螺」明明為萬頃平湖生了色，卻偏要「剗」去它，竟要讓長流天地之間的全都是水，全都是酒，讓「巴陵無限酒，醉殺洞庭秋」。這才是真正的酒人、真正的詩人。

我來看湖山，正值秋時，西風吹起了一湖濁浪。從煙霧迷茫中望去，君山只見幾點隱隱約約的影子，出沒在湖水之中。滿目蕭然引起了滿懷惆悵，我不禁低聲唱起了《湘夫人》的歌：

帝子降兮北渚，目眇眇兮愁予……

終於自己也作了幾句：

秋風吹起這一湖的水，遮住了半個藍天，

望不見湘娥黛髻青鬢，只有這斑斑幾點。

念樓曰

浮山愚者本是風流倜儻的明末四公子之一，如今成了亡國遺民。是啊，哪裏還有他的湖山、他的天地呢？

燕子來時

🔘學其短

[念亡妻]

去年燕來較遲，簾外桃花，已零落殆半。
夜深巢泥忽傾，墮雛於地。秋芙懼猧兒
所攫，急收取之，且為釘竹片於梁，以承
其巢。今年燕子復來，故巢猶在，繞屋呢
喃，殆猶憶去年護雛人耶！

‖ 蔣坦 ‖

◎ 本文錄自蔣坦《秋燈瑣憶》，原無題。
◎ 蔣坦，字藹卿，清錢塘（今杭州）人。
◎ 秋芙，作者的亡妻，姓關名鍈，能詩詞。

● 念樓讀

去年燕子來時，園內的桃花已經開老，殘紅遍地了。也許因為遲到的關係，牠們的巢造得比較匆忙，附着在樑間，不夠牢固，有天夜裏忽然傾側，幼雛掉到了地上。妻怕小狗來傷害，連忙將其捧起，小心呵護，又將傾側的泥巢扶正，在下面釘些竹片加固，然後使小燕子回巢。

今年燕子來時，桃花正在盛開，牠們的舊巢仍在，妻卻不在了。再也沒有人和我並肩攜手，看雙燕在花裏輕飛，聽牠們在樑間私語了。

歸來的燕子啊，你們不斷地繞屋飛鳴，不斷地穿簾入戶，恐怕也是在苦苦尋覓，尋覓那曾給你們溫存照拂的賢惠的女主人吧！

● 念樓日

去年燕子來，繡戶深深處。花徑得泥歸，都把琴書污。

今年燕子來，誰共呢喃語。不見捲簾人，一陣黃昏雨。

燕子從來寄託着人們的感情。牠們歲歲還巢，和人同住，卻不是貪圖豢養或迫於羈鎖，而是自由地選擇，所以特別受到人的珍重。

其實還巢不過是候鳥的本能，但在見慣世事滄桑、人情冷暖的人們心目中，卻成了念舊和守信的象徵。尤其在哀悼親人或遭際亂離，感到無常之痛時，見到比翼雙飛的歸燕，當然更會「記得去年門巷」，產生「誰共呢喃語」的深深的惆悵。

人是多麼軟弱，多麼需要安慰。

一年容易

⬤學 其短

[棗兒葡萄]

七月下旬，則棗實垂紅，葡萄綴紫。擔負者往往同賣，秋聲入耳，音韻淒涼，抑鬱多愁者不禁有歲時之感矣。

| 富察敦崇 |

◎ 本文錄自富察敦崇《燕京歲時記》。
◎ 富察敦崇，字禮臣，滿族人，自清入民國都居住在北京。

念樓讀

七月秋風起，棗樹上掛的果漸漸變紅，架上的葡萄也越來越紫了。到月底這兩樣便開始上市，在水果攤子上總挨在一起，紅紅紫紫，十分好看。

小販們叫賣吆喝，本是市聲中熱鬧的分子，可是在秋風中聽起來，不知怎的卻似乎帶着一種淒涼。尤其在自己心情不好的時候，它會使你想起，一年容易，又是秋天了。

念樓曰

《燕京歲時記》一卷，刻於光緒丙午（一九〇六）即清亡前五年。一九三五年有了 Derk Bedde（卜德）的英譯本，名 *Annual Customs and Festivals in Peking*。一九四一年又出了小野勝年的日譯本，名《北京年中行事記》。用知堂的話來說，「即此也可見（其）為有目者所共賞了」。

二十世紀六十年代初我在長沙市上拖板車的時候，曾經花三角九分錢，買過北京出版社將它和另一種書合印的一冊。這次選錄，即用此本。

文中說到小販的吆喝「音韻淒涼」，這在同年闆園鞠（菊）農所編的《一歲貨聲》中也有記錄。叫賣葡萄的還較單純：

約（喲），乾葡萄來！

叫賣棗的便差不多是一首兒歌了：

棗兒來，糖的咯嗻（疙瘩）嘍！

嚐一個再來買哎！一個光板嘍！

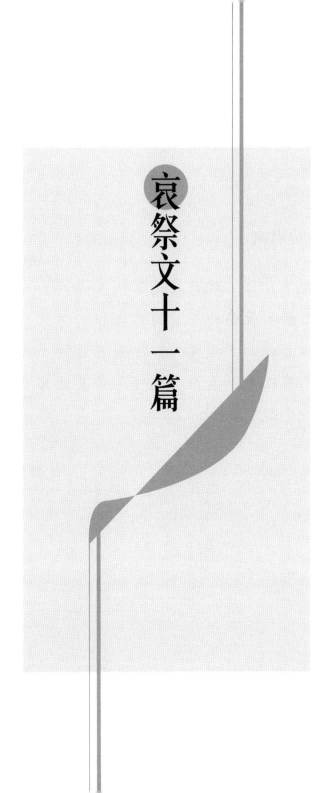

哀祭文十一篇

簡 短 的 悼 詞

學其短

[祭房君文]

維某年月日，韓愈謹遣舊吏皇甫悦，以酒
肉之饋，展祭於五官蜀客之柩前。嗚呼！
君乃至於此，吾復何言？若有鬼神，吾未
死，無以妻子為念！嗚呼，君其能聞吾此
言否？尚饗。

‖ 韓愈 ‖

◎ 本文錄自《全唐文》卷五百六十八。

念樓讀

某年某月某日，韓愈請老同事某某專備酒菜，祭奠從四川老遠來到本州當一名小官的房君。

房君啊，你竟在此時此地和我們永別了嗎？我又有甚麼話好說，還能用甚麼話來安慰你呢？

天地鬼神，如若有靈，請來做證：只要我還活在這世上，就請不要擔心你的遺屬，安心地遠行吧！

房君啊，你聽到我的話了嗎？

念樓曰

古之祭文，即今之悼詞。古今都有依例不能不寫的祭文或悼詞，如韓愈之對這位「五官蜀客」，只因為他是新死去的屬吏，便不能不派人「以酒肉之饋」去一祭。但文章高手寫出來的東西，總能夠表達出一份人情，讀來也低迴有致，雖然只有短短的六十餘字。

「村上的人死了，開個追悼會」，自從這一條「最高指示」發佈以後，開追悼會便成了「常規」，致悼詞也成了死者的一項「待遇」。講老實話，除了老朋友，我是很少去參加公家組織的追悼會的，原因之一便是悼詞總是又長又不精彩，聽得厭煩，反而怕對亡人不敬。

如果機關單位人事處、老幹辦管去世者後事的同志，能多讀幾篇像這樣的祭文，至少可以學得將文辭寫得短一些，讓大家少站些時候。

悼橫死者

學其短

［祭龔秀才文］

維大中五年歲次辛未五月朔二日，湖州
刺史杜牧，謹遣軍事十將徐良，敬致祭於
故龔秀才之靈。死者生之極，折脛而夭，
復死之極。言於前定，莫得而推；出於偶
然，魂其冤哉！鄉里何在，骨肉何人？卞
山之南，可以棲魂。嗚呼哀哉！伏惟尚饗。

‖ 杜牧 ‖

◎ 本文錄自《全唐文》卷七百五十六。
◎ 杜牧，字牧之，晚唐京兆萬年（今西安）人。

念樓讀

某年某月某日，湖州刺史杜牧，派本州軍事部門官員徐某，致祭於遇難辭世的龔秀才之靈前。

死是人生的痛苦之極，肢體遭殘，不幸短命，更是死亡的痛苦之極。何以至此，竟是不明不白，或說是前世冤孽，或說是出於偶然。唉，你是多麼不幸啊！

你思念的家鄉在哪裏？你眷戀的親人在何方？都不必多想了吧。卞山的朝陽之處，也可以長眠，你就在此處安息了吧！

念樓曰

這也是一篇「因公」而作的祭文，卻寫得文情並茂，「三生杜牧之」真是不凡。

死者「鄉里何在，骨肉何人」都不清楚，無非是一位行旅中的秀才。「折脛而夭」，看得出是橫死，死於事故。死者的年齡也不大，青年人之死，本來更易引起同情和無常之痛，而作為一州之長的杜牧，親自為之營葬致祭，除了履行公務職責之外，詩人的愛心肯定也起了作用。

古代地方政府雖然是專制統治的機關，但也有撫恤流亡、收葬路死的傳統，社會救助也能夠得到政府的支持。刺史即使不是杜牧，龔秀才的屍體還是不會暴露於郊野的，至於祭文寫不寫得這樣好，那就難說。

求止雨

學其短

[祭城隍神文]

雨之害物多矣，惟城者神之所職，不敢及
他，請言城役。用民之力，六萬九千工；
食民之米，一千三百石。眾力方作，雨則
止之；城功既成，雨又壞之。敢問雨者，
於神誰尸？吏能知人，不能知雨。惟神有
靈，可與雨語。吏竭其力，神佑以靈。各
供厥職，無愧斯民。

‖歐陽修‖

◎ 本文錄自《歐陽文忠公全集》卷四十九。
◎ 歐陽修，見頁二八注。

念樓讀

久雨成災，危害極多，這修城牆的工程，您卻不能不管啊！

修城已經投入六萬九千工，一千三百石米也已吃空。這雨若不止，工就只得停，修好了的城牆也得返工。

我只能管人，不能管雨。天上的事，還得天上的神祇做主。

求城隍神快快顯靈，讓天公停雨放晴。工程能早日完成，您和我就是造福於民。

念樓曰

祭文是要當眾宣讀的，尤其是祭神祇，為民祈福或者求免於災禍，與祭者多，旁觀更盛，更宜讀得鏗鏘婉轉，效果才會更好，所以這種祭文押韻的多。通常的地方官，大都只照老套子炮製了事，祭城隍有祭城隍的，祭龍王有祭龍王的，求降雨有求降雨的，求止雨有求止雨的，不會為難。

歐陽修當然不是通常的地方官，一篇祭城隍神文，別人不知唸過多少遍了，都是照葫蘆畫瓢，到了他手裏，卻成了非常個性化的創作，這便是高手與凡夫的差別。

歐陽修求神止雨，完全從此時此地的實際情況出發，因為久雨嚴重影響了城牆工程。他又不像別人，只知千篇一律地向神講奉承話，而是「敢問雨者，於神誰尸」，提醒神有神的責任。神而有靈，對他這位有水平的「吏」，恐怕也不能不買賬。

悲憤的兩問

●學其短

［祭吳先生履齋］

潞公不能不疏，溫公不能不毀，趙忠簡不
能不遷，寇萊公不能不死。爾民無祿，豈
天厭之？嗚呼！後世而無先生者乎，孰能
志之？後世而有先生者乎，孰能待之？

‖ 季芯 ‖

◎ 本文錄自葉楚傖編《歷代名人短箋》。
◎ 吳履齋，名潛，南宋理宗時謫貶死於嶺南。
◎ 季芯，南宋時人。
◎ 潞公，文彥博封潞國公。
◎ 溫公，司馬光封溫國公。
◎ 趙忠簡，趙鼎謚忠簡。
◎ 寇萊公，寇準封萊國公。

念樓讀

您就像文彥博，因為「詆毀先烈」，不能不退居二線；又像司馬光，因為「誣謗先帝」，不能不被取消榮譽頭銜；又像與秦太師政見不合的趙鼎，不能不降職降級，謫貶嶺南；最後則像遭疑忌的寇準，不能不死在遙遠偏僻的他鄉。

怨只怨老百姓沒有福氣，怨只怨老天爺沒有主張。世上如果沒有了像您這樣的人，又有誰能將您的志業繼續下去？世上如果還能出像您這樣的人，又有誰能夠等到那一天呢？

念樓曰

這篇祭文的寫法獨特，前四句提到四位本朝前輩大臣，都是道德文章都好，卻在政治上遭到打擊，受過不公正待遇的。用他們來和祭弔的吳潛相比，不作結語，為抱不平的意氣卻躍然紙上。「爾民無祿，豈天厭之，嗚呼」之後，連發兩問：「後世而無先生者乎？」「後世而有先生者乎？」痛失了先生，也就是痛失後世，痛失國家的希望了。

和前幾篇「因公」而作的祭文不一樣，這一篇祭弔的是作者的朋友，不僅僅是朋友，而且是思想上的知己、政治上的同道。最後的兩問，充分表達了作者對失去朋友、知己、同道的悲痛和憤激。

無言之痛

⬤**學**其短

[祭蔡季通文]

竊聞亡友西山先生蔡君季通羈旅之櫬，遠
自舂陵言歸故里。謹以家饌隻雞斗酒酹於
靈前。嗚呼哀哉！

‖ 朱熹 ‖

◎ 本文錄自《朱子大全》卷第八十七。
◎ 蔡季通，即蔡元定，建陽（今屬福建）人，人稱西山先生。
◎ 朱熹，字元晦，南宋婺源（今屬江西）人。

念樓讀

西山君的靈柩，終於從流放地——遙遠的道州回鄉了。得知消息以後，我特地在家裏辦了這點酒餚，來靈前致祭，請接受我這個老朋友的弔唁。

念樓曰

蔡元定比朱熹小五歲，據《宋史》記載：

（元定）聞朱熹之名，往師之。熹扣其學，大驚曰：「此吾老友也，不當在弟子列。」遂與對榻講論諸經奧義，每至夜分。四方來學者，熹必俾先從元定質正焉。

從此蔡便成了朱熹最推重的人、最好的朋友。

南宋時，士大夫論政之風正盛，門戶派別之爭激烈。朱、蔡等人，居官講學比較方正，不肯苟同於邪僻的韓侂胄之流，於是韓侂胄當權以後，便指責朱熹等人「文詐沽名」，要治他們「偽學之罪」。慶元中朱熹被劾落職，蔡受牽連，也被流放到道州（古春陵），就死在那裏了。

蔡的靈柩從道州運回建陽，朱熹僑居於此，前往弔唁，心中有話不敢說，只寫了這寥寥四十字的哀辭。

韓侂胄當權十三年，封平原郡王，位居左右丞相之上。他說反「偽學」，卻未進行任何學術討論批評，搞的全是政治上的排斥異己，這一套倒是為後世整知識分子創造了經驗。

朱熹這幾句平淡無奇的話，包含着對政治壓迫的深深的悲憤，包含着強烈的無言之痛，足以引起後世的深思。

不敢出聲

學其短

[祭朱元晦侍講]

某有捐百身起九原之心，有傾長河注東海
之淚。路修齒髦，神往形留。公歿不亡，
尚其來饗。

‖ 陸游 ‖

◎ 本文錄自《渭南文集》卷四十一。
◎ 朱元晦，即朱熹。
◎ 陸游，字務觀，號放翁，南宋山陰（今紹興）人。

念樓讀

　　我寧願死一百次，只要能將你從冥國喚回。眼淚如泉水湧流，因你竟匆匆先我而逝。相隔既遠，我又衰老，不能執手相送，只有魂夢相尋。願你死而有知，接受我心香一瓣。

念樓曰

　　前一篇文章，是朱元晦（熹）祭悼蔡季通（元定）；這一篇文章，是陸放翁（游）祭悼朱元晦。前後相隔，不到三年，祭悼者便成了被祭悼者。

　　蔡元定和朱熹，都是被韓侂冑一黨戴上「偽學」帽子，遭打擊受委屈的人。他們奏劾朱熹有不孝母、不敬君、不忠國、侮朝廷、結私黨、壞聖像六大罪，和「誘引尼姑二人以為寵妾」等劣行，使被褫職，並將蔡元定「追送別州編管」，兩人至死都沒能「平反改正」。因為如此，故葉紹翁《四朝聞見錄》云：

　　陸公之祭（朱）文公，文公之祭蔡君，俱不敢以一字誦其屈，蓋當時（韓黨）權勢熏灼，諸賢至不敢出聲吐氣，以目相視而已。

「不敢出聲吐氣」，我們在反胡風、反右派、「文化大革命」中，不也正是這樣的嗎？當然，那些大反大革的人，在當時倒可以出聲吐氣；但後來反胡風的又成了右派，反右派的又成了「文革」對象，最後統統都不敢出聲吐氣了。

無人對飲了

學 其短

[祭方孚若寶謨]

公歿浹旬，小君偕逝，高年之母，煢然獨
存。語之土木，猶當流涕，況平生交友之情
哉！嗚呼，昔與公飲，常恨酒少；今舉此
觴，公不能釂。嗚呼哀哉！

| 劉克莊 |

◎ 本文錄自王符曾輯《古文小品咀華》。
◎ 劉克莊，號後村居士，南宋莆田（今屬福建）人。

念樓讀

你剛走十天，夫人也走了，只留下孤身老母存活在世上。如此慘況，即使是泥塑木雕的偶人，對之亦不可能不難過，何況平生至交的好友。

老友啊，還記得過去喝酒時，你我總是埋怨酒少不夠喝嗎？此刻這滿滿一杯，你卻再不能一飲而盡了，我的老友啊！

念樓曰

人過中年以後，老朋友的喪失，確是令人十分難過的事情。

在社會生活中，人與人結合成各種關係，有自然的關係，有經濟的關係，有政治的關係……既成關係，即有義務、有權利，均不免牽涉到功利。唯有朋友關係，在本質上是超越利害的，所以最純潔，最值得珍惜。

劉克莊是著名詞人，感情充沛，且善於表達。他寫的這篇祭文充分表現了這種悲痛的感情，具有很強的感染力。雖然簡短，卻不空泛。「昔與公飲，常恨酒少；今舉此觴，公不能釂。」酒友已逝，雖舉杯亦無人對飲了。有形象、有細節的描述，更能看出生死的交情。他還有一首懷念亡人的《風入松》詞，雖未必是寫方孚若的，亦可參看：

> 橐泉夢斷夜初長，別館淒涼。細思二十年前事，歎人琴，已矣俱亡。改盡潘郎鬢髮，消殘荀令衣香。　　多年布被冷如霜，到處同牀。簫聲一去無消息，但回首，天海茫茫。舊日風煙草樹，而今總斷人腸。

送別老臣

學其短

[祭靳貴]

朕在東宮，先生為傅。朕登大寶，先生為
輔。朕今渡江，聞先生訃。哀哉尚饗。

‖ 明武宗 ‖

◎ 本文錄自葉楚傖編《歷代名人短箋》。
◎ 明武宗，即正德帝朱厚照。
◎ 靳貴，明丹徒（今屬江蘇）人。

念樓讀

我當太子,您是我的先生。

我即位後,您是我的大臣。

我剛過江,便聽說您壽終。

哎呀,這是多麼叫我傷心。

念樓曰

帝王專制下,君臣之分極嚴,即使彼此能夠相安,也很難產生、更難保持正常的人與人之間的感情。

但是在明清兩朝,大臣死了,皇帝賜祭並前往(也可以派人代表)致祭,卻成了一種禮儀規矩。致祭自然得讀祭文,祭文通常都由文臣代筆。正德十四年(一五一九)冬武宗南巡,次年秋,靳貴死於丹徒,帝擬親臨其喪,對文臣所撰祭文都不滿意,便自己動手寫了這一篇。

無論在歷史上還是在舞台上,正德都是一個酒色皇帝,「豹房」中的胡作非為,「梅龍鎮」上的遊龍戲鳳,他給人留下的印象很糟,但給老臣的這篇祭文卻寫得簡而有致。我讀文章從不以人廢言,所以還是將其選入了本書。

靳貴,丹徒人,曾侍東宮(教太子讀書),正德九年(一五一四)以禮部尚書兼文淵閣大學士,故稱閣老。在閣三年,無所建白,致仕歸。但此人據說學問還好,當師傅時應該還是盡職的。

正德皇帝遊江南,名義上說是「御駕親征」造反的寧王宸濠,其實渡江時,王守仁早就消滅反叛,抓住了宸濠。

生死見交情

學其短

[刑場祭夏言]

古人曰，「一貴一賤，交情乃見」，太師有焉；「一死一生，乃見交情」，余小子何多讓焉！嗚呼哀哉！尚饗。

‖ 顧仲言 ‖

◎ 本文錄自葉楚傖編《歷代名人短箋》。
◎ 顧仲言，不詳。
◎ 夏言，號桂洲，明貴溪（今屬江西）人。

●念樓讀

古人道，「一個高官一個平民，才看得出交情」，您對我不正是這樣的麼？「一個死了一個活着，才分得出厚薄」，我現在也是這樣來做的，相爺啊，您知道麼？

●念樓曰

《史記》裏有這樣一個故事：始翟公為廷尉（中央主管刑獄的大官），賓客闐門；及廢，門外可設雀羅。翟公復為廷尉，賓客欲往，翟公乃大署其門曰：

一死一生，乃知交情。

一貧一富，乃知交態。

一貴一賤，交情乃見。

顧仲言深感於翟公這番話，不願做反覆的勢利小人。到刑場去祭奠被斬決的夏言，在專制的時代是不容易做到的。

夏言是一個先登九天後沉九淵的典型。嘉靖皇帝先是重用他，特賜「學博才優」銀章，加上柱國，後來一怒又撤他的職。撤而復用，用而復撤，反覆了好多次，終於在嚴嵩的構陷下將他殺掉了。

夏言當政時，曾識拔許多人，包括顧仲言；殺頭時無人敢往送別，除了這個顧仲言。

正如魯迅所云，中國少有敢於為被處死者撫屍痛哭的弔客。因為這一點，所以選讀了這一篇。

帶笑而死

學其短

[自祭文]

不敢喪心，不求滿意。能甘淡泊，能忍閒
氣。九十年來，於心無愧。可偕眾而同
遊，可含笑而長逝。

‖ 王象晉 ‖

◎ 本文錄自葉楚傖編《歷代名人短箋》。
◎ 王象晉，明新城（今屬山東）人。

念樓讀

不昧良心，不貪愜意。

安於平庸，逢場作戲。

活了九十年，並不太慚愧。

生前同大家快快活活，死後願留下一團和氣。

念樓曰

自祭文、自為墓誌銘其實應該屬於絕筆、遺囑一類。我曾經想將這類文字選編為一集，名叫《人之將死》，也是很有意思的。那倒不必限於百字短文，張岱的《自為墓誌銘》有一千多字，卻非選不可。

外國好像沒有埋入地下的墓銘，卻有自撰碑銘刻在墓石上的。寫《老人與海》的美國大作家海明威，於一九六一年七月二日以獵槍自殺，事先為自己準備的碑文也寫得又短又好，是專門寫給到墓地上去弔唁他的朋友們看的，特別俏皮：

請原諒我不起身。

看得出他不是哭兮兮捨不得，也不是氣沖沖咬着牙（「一個也不寬恕」），而是心平氣和，甚至還帶上幾分幽默感告別人生的，王象晉亦近之。

王象晉父之垣官侍郎，兄象乾官至太師。他自己卻淡於名利，中年即退居林下，著《羣芳譜》《欣賞編》，是一個愛生活、會生活的人，故能「含笑而長逝」。

哭宋教仁

學其短

[宋漁父哀辭]

炳麟不佞，七年與君子同遊，鈞石之重，
夙所推轂，如何蒼天，前我名世！殂殁之
夕，猶口念鄙生，非誠心相應，胡而相感
於萬里哉？即日去官奔喪，躬與執紼，拜
持羽扇，君所好也。若猶有知，當見顏色。

‖ 章炳麟 ‖

◎ 本文錄自《章太炎文集》。

◎ 章炳麟，號太炎，浙江餘杭人，著名學者。

◎ 宋漁父，名教仁，湖南桃源人，中國民主革命家，民國二年
（一九一三）被暗殺。

念樓讀

　　與君七載同遊，忝居一日之長，對君常有愧心。而君之待我，卻照顧很多，繁重的事務，常為我分勞。為何年輕的你卻先我而去，蒼天真是不公呀！

　　被刺身亡之時，你還唸着我的名字。若不是兩心相通，怎麼會瀕死還記得萬里外的我？我又怎能不一聞凶訊，立刻辭去政府官職，前來為你執紼送行呢？

　　我隨身的這點東西，是你說過很喜歡的，仍給你帶來，以為紀念。宋君呀宋君，你若有知，請來夢中相見吧！

念樓曰

　　文言文到民國以後，作為通行文體，便快到它最後的日子了。梁啟超想與時俱進，他的文言文努力現代化，「新民體」一時大受歡迎，但終究無法和胡適、陳獨秀提倡的白話文競爭。章炳麟堅持作古文，寫出來的文章和漢魏六朝文無大差別，大眾認為難懂，讀者自然越來越少。

　　文言文是二千年來「言」「文」分離的結果，比起拼音文字來，它確實難學些。但有弊亦有利，利就是它穩定，漢唐人寫的文章，明清人閱讀運用毫無困難；北方人寫的文章，閩粵人閱讀運用亦無困難。時至今日，「文革」時的語言都不大使用了，古人包括章炳麟的文章卻還可看看，學點它的長處。

寫景文十篇

石門山

學其短

[與顧章書]

僕去月謝病，還覓薜蘿。梅溪之西，有
石門山者，森壁爭霞，孤峯限日，幽岫含
雲，深溪蓄翠。蟬吟鶴唳，水響猿啼，英
英相雜，綿綿成韻。既素重幽居，遂葺宇
其上。幸富菊花，偏饒竹實。山谷所資，
於斯已辦。仁智所樂，豈徒語哉！

‖ 吳均 ‖

◎ 本文錄自《吳朝請集》。
◎ 顧章，吳均之友人。
◎ 吳均，南朝梁吳興故鄣（今浙江安吉）人。
◎ 石門山，在今安吉縣東北。
◎ 仁智所樂，語出《論語‧雍也》「智者樂水，仁者樂山」。

念樓讀

吳均告病回鄉，想尋一處可以親近草木的地方安家，在梅溪西邊發現了石門山，高興地寫信給友人道：

石門山的山頭高，陽光在谷底停留的時間少。每天的朝暉和落日，將峯頭和石壁高處照得熠熠生輝，特別好看。山峯間常常繚繞着白雲，溪谷中長滿了綠色的藤蘿草樹，風景十分美麗。

山中幽靜卻不岑寂，蟬聲、鳥聲、猿啼聲、流水聲……不絕於耳，音調豐富而又和諧，使人聽賞忘倦。

我非常高興得到了這個好地方，於是便在此建造了幾間房屋。屋的周圍，現在正盛開着野菊花，還有結了竹米的竹林。大自然所能賜予人的，這裏幾乎全都有了。

孔子說，智者喜愛水，仁者喜愛山。我雖非智者仁人，也覺得這話不錯。

念樓曰

紹興「二周」都看重魏晉南北朝的文章，蓋此時非大一統，思想的活動空間有時得以稍寬，文章也就能多點個性的色彩。從《世說新語》《顏氏家訓》和王右軍、陶彭澤諸人作品看，也確是如此。

但這時流行的駢儷文、對偶句，雖說跟單音又具四聲的漢字還相配，我卻不很喜歡，所以本書中只選很少的幾篇。

徐知誥故居

學其短

［壽寧寺］

甲申，與君玉飲壽寧寺。寺本徐知誥故
第，李氏建國，以為孝先寺，太平興國改
今名。寺甚宏壯，畫壁尤妙。問老僧，云
周世宗入揚州時，以為行宮，盡圬墁之，
惟經藏院畫玄奘取經一壁獨存，尤為絕
筆。歎息久之。

‖ **歐陽修** ‖

◎ 本文錄自《歐陽修全集》卷一二五。

◎ 歐陽修，見頁二八注。此文作於揚州。

◎ 君玉，即王君玉。

◎ 徐知誥，李後主的祖父，五代十國時吳國大臣，後代楊氏稱
　帝，自揚州遷都金陵（今南京），改姓名為李昇，改國號為唐
　（南唐）。

◎ 太平興國，宋太宗年號。

◎ 周世宗，名柴榮，顯德三年（九五六）統兵攻南唐，取揚州。

● 念樓讀

到揚州後第六天，我同王君玉往遊壽寧寺，並在寺中用飯，見建築頗異尋常。問起它的歷史，才知此處原是五代十國時期吳國建都揚州時徐知誥的故居，後來才改為孝先寺，我朝太平興國年間又改稱今名。

因為是帝王的故居，所以屋宇十分壯麗，壁畫尤其可觀。老和尚說，柴世宗帶兵打南唐，攻進揚州後，將此處作為行宮，絕大部分壁畫都被粉刷掉了。如今只剩下藏經院壁上的《玄奘西行取經圖》，我一見便驚為絕筆。想到柴世宗幹的蠢事，心中好久好久都覺得不舒服。

● 念樓曰

寫景，不必都寫自然景色，記述人文史事，有時也很可觀，因為能夠引起更多的思索。

柴世宗史稱明君，將精美壁畫一「刷」成白，這件事卻無法讓人原諒。其動機恐怕不全是滅佛（顯德二年，他曾廢天下佛寺三千三百三十六座），一定也是為了掃除前朝遺跡，樹立自身權威，即是「破字當頭，不破不立」的意思。這在政治鬥爭中本是常用的手段，不過辣手施之於精美文化，就未免太過。後周二世而亡，不亦宜乎。

乾隆修《四庫全書》刪改古籍，「塔利班」反異教炸毀大佛，以及「四人幫」在「文化大革命」中的作為，古今同例，都令人切齒。

觀 泉

學其短

[林慮記遊一則]

辛未，登西樓，和元裕之詩。遣捕魚，得
鯉鯽，活躍几席前。午泛舟觀泉於宮之
西，泉皆洹之泆流，而突出石崖下，騰湧
有歷下所謂趵突者，清澈尤甚。土人疏
導作堰，以激碾磑，為利甚大。登龍祠，
祠下泉出尤怒。日已暮，道人載酒於岸以
俟，遂醉而歸，仍宿於宮中。

‖ 許有壬 ‖

◎ 本文錄自許有壬《林慮記遊》。林慮，今河南林縣，境內林
慮山有林泉之勝。作者於至元四年（一二六七）秋來遊，居
儲祥宮，此即文中的「宮」。
◎ 許有壬，字可用，元代湯陰（今屬河南）人。
◎ 元裕之，即金代大詩人元好問，曾數遊林慮，集中有《善應
寺五首》。

念樓讀

林慮的泉水，又旺又清。今天在西樓上看了元好問來遊時寫的《善應寺五首》，如「百汊清泉兩岸花」「石潭高樹映寒藤」，都是寫泉的。我也和作了幾首，接着便叫人去石潭中捕魚，捕得了些鯉魚和鯽魚，送到席前，魚還活蹦亂跳着。

午後便上船觀泉，先往寺觀的西面去看泉源。洹水自山西進入林慮山，部分成為地下河，從此處石崖下大股沖出，那勢頭簡直跟濟南的趵突泉差不多，流量甚大，水質又清。居民築堰引流，帶動水碓水碾，充分利用了水力。

隨後又到了龍王廟，這裏的泉水迸流得更加洶湧。觀賞既久，天色向晚，寺觀中派道人用船送來酒菜，醉飽之後，仍回儲祥宮歇宿。

念樓曰

《林慮記遊》前一則（庚午）記：「至善應，宿儲祥宮。」《古今圖書集成·山川典·林慮山部·藝文》只收了元好問一首《黃華水簾》，「湍聲洶洶轉絕壑」，寫的也是林慮之水。許有壬登西樓時，看到的則是上引的《善應寺五首》。

山水可以激發文思，亦賴文人以傳。林慮山現在是不怎麼「知名」了，那裏騰湧如趵突的泉水也不知怎麼樣了。林縣在「大躍進」時期修紅旗渠以後，是否還有「泉出尤怒」「清澈尤甚」的景觀呢？真想能夠前去看看。

龍關曉月

學其短

[點蒼山遊記一則]

二月辛酉，自龍尾關窺天生橋，夜宿海珠寺，候龍關曉月。兩山千仞，中虛一峽，如排闥然。落月中懸，其時天在地底。中溪與予各賦一詩，詩成而月猶不移，真奇觀也。下山，乘舟至海門閣小飲。

‖ 楊慎 ‖

◎ 本文錄自楊慎《點蒼山遊記》。點蒼山在雲南大理洱海西，作者謫雲南時來遊。
◎ 楊慎，字用修，號升庵，明四川新都人。
◎ 中溪，李元陽，當地的文人。

念樓讀

從龍尾關上看過天生橋，便在海珠寺裏住下來，等着看蒼山八景之一的「龍關曉月」。

龍關就是龍尾關。說是關，其實乃是又高又陡的兩座山，中間夾着條窄窄的峽谷。從海珠寺望去，就像一扇巨大的城門開了條縫。人工建造的城關，斷無此高大、無此雄奇。

破曉之前，西墜的月亮落進峽谷，這「曉月」便入「龍關」了。天未明時更暗，黑黝黝的山體中空一線，大而黃的月亮懸掛在其間，彷彿正在進入地下。

我和李君對此奇景，都發了詩興。詩成以後，月亮還掛在那「關」中間，我們卻不得不下山了⋯⋯

念樓日

蒼山洱海，明朝時候可說是蠻荒之地。楊升庵是正德六年（一五一一）的狀元，在京城裏翰林學士當得好好的，偏要對朝廷大事發表不同意見，結果屁股挨打不說，還被謫戍萬里外的永昌（雲南保山），終於死在戍所，連想回到桂湖家中落氣亦不可得。文人以言得罪至此，五百年後的我們，亦當為之扼腕。

但轉念一想，若不遠戍雲南，他又怎能見龍關曉月，怎會寫洱海蒼山，《升庵集》中又怎得添許多文字？遊桂湖時讀對聯：

五千里秦樹蜀山，我原過客；

一萬頃荷花秋水，中有詩人。

望風懷想，能不依依？

麗江木府

學其短

［木公設宴］

二月初一日，木公命大把事，以家集黑
香，白鏹十兩來饋。下午，設宴解脫林東
堂，下藉以松毛，以楚雄諸生許姓者陪
宴。仍侑以杯緞，銀杯兩隻，綠縐紗一
匹。大餚八十品，羅列甚遙，不能辨其孰
為異味也。抵暮乃散。復以卓席饋許生，
為分犒諸役。

‖ 徐弘祖 ‖

◎ 本篇錄自《徐霞客遊記》卷九上「西南遊日記十五」，原無題。
◎ 徐弘祖，號霞客，明末江陰（今屬江蘇）人。
◎ 二月初一日，在己卯年即崇禎十二年（一六三九）。
◎ 木公，木增，麼些（納西）土司，世襲麗江知府。
◎ 大把事，木府大管家。
◎ 解脫林，寺廟名，實際上是木府的一部分。
◎ 卓，同「桌」。

念樓讀

二月初一，到麗江的第六天。

昨天見到了木公，今天他便派大管事送來見面禮，是白銀十兩和一些家藏的「黑香」，下午又在解脫林東堂設宴招待，還特地請來一位漢族秀才（姓許，楚雄人）作陪。

按照本地的風俗，設宴的大堂中，地上墊了一層松毛，走上去像鋪了地毯。開席時又向客人獻禮，禮物是銀杯兩隻、綠色縐紗一匹。

筵席極為豐盛，大菜竟多達八十樣。擺在遠處的，是些甚麼珍饈異味，看都看不清。宴會到晚上才結束。還有一桌酒席送給許秀才，他便賞給隨從聽差了。

念樓曰

徐霞客活了五十五歲，其遊記所敘，始自癸丑，終於己卯。他在二十七年中（從二十八歲到五十四歲）只做了一件事——遊歷並寫遊記。這使他成了千古奇人，他寫的遊記也成了「千古奇書」（見錢牧齋與毛子晉書）。

徐霞客之遊，一不是宦遊，二不是商旅，三不是傳教，唯一的目的只是為了好奇，費用全靠自己籌措，常常是「肩荷一襆被，手挾一油傘」（趙翼詩），其可貴亦正在此。

《徐霞客遊記》重要的價值，是記錄自然景觀。但本篇敘述麗江民族習俗、木府的排場、木公對漢文化和文人的尊重，亦富有民族學和社會學的意義。

寓山的水

學其短

[水明廊]

園以藏山，所貴者反在於水。自泛舟及
園，以為水之事盡，迨循廊而西，曲沼澄
泓，繞出青林之下。主與客似從琉璃國而
來，鬚眉若浣，衣袖皆濕。因憶杜老殘夜
水明句，以廊代樓，未識少陵首肯否。

‖ 祁彪佳 ‖

◎ 本文錄自祁彪佳《寓山注》。寓山為祁家園林。
◎ 祁彪佳，號幼文，明末山陰（今紹興）人。

念樓讀

「寓山」以山為名，妙處卻在於水。

坐船來到「寓山」，你可能會以為水路到了頭。可是進園門後，一條走廊引着你往西，廊的一側仍然全是水，清清的水一直在你腳邊。濃綠的樹冠將水映成碧色，客人和陪行的主人像是行走在空翠中，全身都帶上了波光樹影。這時想起了杜詩：

四更山吐月，殘夜水明樓。

覺得意境很切合，於是便叫它「水明廊」。借用了老杜兩個字，不知他會不會同意。

念樓曰

此篇充分表現了晚明文人的審美趣味，即追求獨特的個性，力避庸熟。園名「寓山」，記名「寓山注」，都不是作八股文章的人想得出的。蓋晚明時期和春秋戰國、魏晉六朝、五代十國時一樣，王綱解紐，有利於個性解放，思想比較自由，文藝也就活潑了。

祁氏為山陰巨族。張岱《陶庵夢憶‧祁止祥癖》中的主人公，便是祁彪佳的弟弟，名豸佳。他們還有兩個哥哥——麟佳和駿佳，四兄弟都是詞曲作者，精賞鑒，會生活。彪佳還做過大官，最後在清兵南下時投水自殺，應了「鬚眉若浣，衣袖皆濕」的讖語，這卻不是一般填「功過格」談道學的人做得到的。

招隱山

學其短

［招隱寺題名記］

昔人言招隱水深山秀，煙霞澗毛皆不凡。予以庚子仲冬月同崑崙子來遊，紅葉滿山，石骨刻露，泉流蕭瑟。登玉蕊亭上，遠眺江影，惝恍久之。

‖ 王士禛 ‖

◎ 本文錄自王士禛《漁洋文略》卷四。招隱寺在丹徒南，因南朝隱士戴顒隱居於此得名。

◎ 王士禛，號漁洋山人，清新城（今山東桓台）人。

◎ 毛，指草木。

念樓讀

聽人說招隱山風景好，山水林泉都不俗，心中早就嚮往這個地方了。

順治十七年（一六六〇）十一月間，終於同友人來作小遊。一見滿林的紅葉、瘦露的山巖、清冷的泉澗，胸間萬慮頓消。不知不覺，我的整個身心，便被這幽曠的情境同化了。

登上玉蕊亭，遙望江水蒼茫、歸帆倦鳥，一種說不出的惆悵無端地襲上心頭，使得我久久不能離去。

念樓曰

登臨名勝，乘興而作，信筆而題，是古時文人雅事。歷代總集、別集中，此類文字不少，多數是詩，近世亦有詩餘、聯語，散文比較少見。古人題字，最初我想是題在石上和壁上，後來則大半都題在紙上了，若是名流巨宦，自會有人摹刻。

題者既多，便成了風氣。連半個文人也不能算的宋押司，在潯陽樓上也可以叫店家筆墨伺候，題些「敢笑黃巢不丈夫」和「血染潯陽江口」之類的詩詞，惹出天大的麻煩來。

時至今日，此風仍未息。各級領導、各界名流，詩和字還比不上「及時雨」，也仍然到處亂題。文人和準文人，樂此不疲的更是多有，當然異口同聲都在歌頌風景這邊獨好，像王漁洋這樣抒個人之情者甚少。至於題反詩的，清平世界，朗朗乾坤，當然更不會有了。

再上名樓

學其短

[檇李煙雨樓]

檇李煙雨樓，四時皆宜。予自己巳登此，得領彪湖春色，忽忽五年往矣。重陽在望，桂香猶復襲人，龍樓擁翠，懸以秋日，別具晶瑩。再得芙蓉冒綠池，則全美矣。登眺之餘，賣茶者採菱餉客，色味迥殊。因思荷香雪景，又不知何年得備覽此勝。

‖ 龔煒 ‖

◎ 本文錄自龔煒《巢林筆談續編》卷上。
◎ 龔煒，字巢林，清崑山（今屬江蘇）人。
◎ 檇李，嘉興古稱。

念樓讀

煙雨樓是江南的名樓，四季皆可遊觀。乾隆十四年（一七四九）我曾來此，飽覽了南湖的春色。已經過去五年了，印象還很鮮明。

此次又到嘉興，已是重陽將近，當然還是先去煙雨樓。樓邊湖畔的桂花仍芳香撲鼻，綠蔭中露出的樓頂和脊獸在陽光下格外鮮明。湖中低淺處，蓮葉田田，鋪開大片大片的碧綠，如果還能開着荷花，那就更好看了。

再上名樓，我一邊看景，一邊品茶。賣茶的人，採得湖裏的鮮菱供客，其色嬌豔，咀嚼起來也很爽口，難道也帶上了名湖的風味麼？

臨別時，對着樓影波光，心想一定還要來看盛夏的蓮花、冬天的雪景，但不知又得再過多少年。

念樓曰

旅遊者總是喜新厭舊的，一去再去還願三四去的地方很少。龔巢林於煙雨樓情有獨鍾，亦由其善於觀察和領略，才能不斷有新鮮感。張宗子說：

> 嘉興人開口煙雨樓，天下笑之，然煙雨樓故自佳。樓襟對鴛澤湖，淒淒濛濛，時帶雨意。

鴛澤湖後來又叫鴛鴦湖，龔巢林稱為彪湖，現則通稱南湖，因為中共在此開過「一大」，是益發有名了，我卻還從來沒有去過。嘉興范笑我君曾約我去玩，也沒有去成。

荷花深處

🅛 **其短**

[消夏灣看荷花]

洞庭西山之址，消夏灣為荷花最深處。夏
末舒華，燦若錦繡。遊人放棹納涼，花香雲
影，皓月澄波，往往留夢灣中，越宿而歸。

‖ 顧祿 ‖

◎ 本文錄自顧祿《清嘉錄》卷六。
◎ 顧祿，字總之，一字鐵卿，清蘇州人。

念樓讀

太湖洞庭西山腳下，有一處荷花最多、最好、最適宜欣賞的地方，名叫消夏灣。

這裏遍處都是荷花，盛夏時花朵盛開，滿眼雲霞錦繡。來此避暑的人，坐在遊船上，吹着湖上的涼風，聞着荷花的清香，流連忘返。有的還要等到月出東山，賞玩湖上的夜景，甚至留宿船中，讓翠蓋紅裳伴隨着入夢。

念樓日

顧祿《清嘉錄》十二卷，分別記敍一年十二個月內蘇州的風土人情，道光十年（一八三〇）刊行，翌年傳入日本。後來中國才又從日本翻刻本再翻刻過來，周作人曾寫文章介紹，從此它才為人所重。近來某出版社排印此書，前言批評周對《清嘉錄》版本之說「未妥」，可是在提到周氏《夜讀抄》時，卻一連三次都錯成了《夜讀草》，則其考證的精密程度亦不無可疑。

消夏灣傳為吳王避暑處，舊《蘇州府志》有介紹云：

消夏灣在洞庭西山之址，深入八九里，三面峯環，一門水匯，僅三里耳……

荷花有紅、白、黃數種。洞庭東西山人善植荷，夏末秋初，一望數十里不絕，為水鄉勝景。

沈朝初《憶江南》詞云：

蘇州好，消夏五湖灣。荷靜水光臨曉鏡，雨餘山翠濕煙鬟，七十二峯間。

描寫情景，亦有韻味。

會稽山色

［十里看山］

十一月十五日，坐舟至瓦窯嶺，偕雪甌、
平子二子登岸。行十餘里，溯昌安門，
一路看會稽山，恨若有速其步者。過一
村庵，坐水檻上看楓，尤有意致。立危橋
上四望，陶山在夕陽中，一髻嫣然，紫翠
縷起，更遠更紅，非畫工所能彷彿也。入
城，聞戒珠寺鐘矣。

‖ 李慈銘 ‖

◎ 本文錄自李慈銘《蘿庵遊賞小志》，原無題。
◎ 李慈銘，號蒓客，室名越縵堂，清會稽（今紹興）人。

念樓讀

一行三人乘船到瓦窯堡上岸，走昌安門進城；一路上，飽看會稽山色，十多里路一點不嫌遠，只恨自己的腳步走得太快。

途中經過一處鄉村中的小庵堂，臨水有廊有檻，可坐可倚，在那兒看霜楓紅葉，特別有意思。

接着又走過一座高高的石拱橋，橋已危杌，但從橋上遠望，夕照中的陶山，像美人精心梳裹的髮髻，金翠首飾變幻成或紫或綠的色彩，在一片深紅的背景中，顯得奇麗無比。

西天的紅霞愈望愈遠，愈遠愈深。這種變化中的色彩，絕不是人工所能畫得出的。

到進城時，戒珠寺的晚鐘已經敲響了。

念樓曰

會稽山陰（民國廢府並縣，以清代府名紹興作新縣名）的風景自古有名，當地也有遊山玩水的習慣。一千六百多年前，王羲之等人修禊（也就是春遊），「會於會稽山陰之蘭亭」，該處跟蘿庵相去不遠。王羲之的兒子獻之也說過：

從山陰道上行，山川自相映發，使人應接不暇。

以後記會稽山陰風景的越來越多，《蘿庵遊賞小志》算是晚近的。民國時期，徐蔚南寫的一篇也較為有名，題目就叫做《山陰道上》，卻已是現代散文，有兩千多字。

題畫文七篇

畫飛鳥

學其短

[書黃筌畫雀]

黃筌畫飛鳥，頸足皆展。或曰：「飛鳥縮
頸則展足，縮足則展頸，無兩展者。」驗
之信然。乃知觀物不審者，雖畫師且不
能，況其大者乎？君子是以務學而好問也。

‖ 蘇軾 ‖

◎ 本文錄自《東坡題跋》卷五。
◎ 蘇軾，字子瞻，號東坡居士，北宋眉山（今屬四川）人。
◎ 黃筌，五代時大畫家，擅畫花鳥，成都人。

念樓讀

黃筌畫的飛鳥，頸和腿都是伸着的。有人說，鳥飛時若是伸着腳，便一定會縮起頸；若是伸着頸，便一定會縮起腳，沒有兩者都伸着的。一看果然如此。

可見若對事物不認真觀察了解，即使是大畫師，亦難免疏失，何況辦大事。讀書人除了讀書，真還得多看多問才行。

念樓曰

散文狀物寫景，能使人移情忘倦，便是美文。繪畫狀物寫景，能使人移情忘倦，便是好畫。故文與畫實可相通，對蘇軾這樣詩文書畫均臻絕妙的大家來說，更是如此。

此一則《書黃筌畫雀》，只談了個「畫師觀物」的問題，也就是「畫」與「真」的問題。到底飛鳥是「頸足皆展」，還是「無兩展者」呢？老實說我也說不清，按理說應該是鳥有多少種類便會有多少飛法，黃永玉畫的飛鶴飛鷺，便都是「頸足皆展」的。

但蘇軾強調「觀物」，強調觀物須「審」，須認真、細緻、準確，總是對的。在這裏他不只是對畫師說話，而是對更大範圍的「君子」說話，提倡大家要「務學」，要「好問」，不能人云亦云，不能「想當然」，因為這確實是傳統讀書人普遍存在的毛病。

李廣奪馬

學其短

[題摹燕郭尚父圖]

凡書畫當觀韻。往時李伯時為余作《李廣奪胡兒馬》，挾兒南馳，奪胡兒弓，引滿以擬追騎。觀箭鋒所直，發之，人馬皆應弦也。伯時笑曰：「使俗子為之，當作中箭追騎矣。」余因此深悟畫格。此與文章同一關紐，但難得人入神會耳。

‖ 黃庭堅 ‖

◎ 本文錄自《山谷題跋》卷三。
◎ 黃庭堅，字魯直，號山谷道人，北宋分寧（今江西修水）人。
◎ 燕，通「宴」。
◎ 郭尚父，唐郭子儀以大功稱「尚父」。
◎ 李伯時，名公麟，畫家。

念樓讀

看書畫，主要是看它的神韻。從前大畫家李公麟為我畫李廣奪馬：李廣跳上敵軍的坐騎，挾持着一個匈奴兵縱馬南奔，又奪過他的弓箭轉身射敵；箭鋒所向，他開弓的手還沒有鬆，追來的人馬就像要應弦而倒，真是畫活了。

公麟笑道：「要是讓別的甚麼人來畫，李廣的這支箭畫出來，一定是射到人馬身上的了。」

這番話提高了我賞畫的能力，使我漸漸能夠分辨畫作品格的高下。我想，作畫作文都一樣，要緊的是寫出神韻。不過這個道理要人人領會，只怕也難。

念樓曰

本篇是題在一幅臨摹的《燕郭尚父圖》上的，此圖所畫應是宴請郭子儀的盛況，但黃庭堅談的卻是另外一幅《李廣奪胡兒馬》。借題發揮，高手往往如此。

箭鋒所向，人馬皆應弦而倒。此並非事實，卻滿有神韻，覺得李廣就該有這樣的本事。若一味寫實，則不中箭人馬不會倒，箭一離弦「引滿」的弓也就收了，畫面豈不就「死」了麼。此李公麟與「俗子」之不同，亦黃庭堅與「俗子」之不同也。

李廣的故事十分有名，《史記》所述奪馬南馳的情節是：

> 胡騎得廣，廣時傷病。置廣兩馬間，絡而盛臥廣。行十餘里，廣佯死，睨其旁有一胡兒騎善馬。廣暫騰而上胡兒馬，因推墮兒，取其弓，鞭馬南馳……騎數百追之，廣行取胡兒弓，射殺追騎……

畫上添加了「挾胡兒南馳」的景象，更加顯出了李廣的本領和神威。

真與美

學其短

[題章友直草蟲]

春寒爾許，飛蠅新蟬輩遽出耶？細觀，蓋
章伯益墨戲也。

‖ 楊萬里 ‖

◎ 本文錄自葉楚傖編的《歷代名人短箋》。
◎ 楊萬里，學者稱誠齋先生，南宋吉水（今屬江西）人。
◎ 章友直，字伯益，畫家。

念樓讀

　　早春時天氣還冷，怎麼知了便已經上樹，蒼蠅也迫不及待地飛出來了呢？

　　仔細一瞧，原來是老章在耍筆桿子，跟我們開玩笑哪。

念樓曰

　　畫家作大寫意，具象在似與不似之間，靠筆墨、色彩構成，仍可以給人以美感。

　　但齊白石的草蟲，則仍以逼真見長。大筆渲染的荷葉荷花上頭停着一隻蜻蜓，透明的翅膀上的脈絡都看得清清楚楚。據說他為了「防老」，預先將蜻蜓、知了等畫在紙上，留待以後再來補花卉，這樣畫了好多張。其實他早就心中有數，畫草蟲須用和畫花卉畫山水不同的方法，後者可以大寫意，前者卻得逼真，真得近乎照相，甚至超過照相。

　　藝術上的真與美，本無法和實際生活中的對應或等同。對於人來說，飛蠅百分之百是討厭的東西，尤其是大頭蒼蠅，牠們出於糞缸，人根本無法與之和平共處。新蟬爬上樹便放肆聒噪，那單調刺耳的聲音，也是誰都不樂意聽的。可是章伯益用作「墨戲」，誠齋便忙不迭為之題記，我們今天亦可欣賞，這就是藝術和實際生活的不同。

　　人們大概不會因為畫上的飛蠅生動有趣，便喜歡上嗡嗡叫着揮之不去的蒼蠅；但也不必因為蒼蠅是「除四害」的對象，便認為牠在畫中也只能表現醜惡，永遠不能夠表現美。

動人春色

［徽廟試畫工］

徽廟試畫工，以「萬綠叢中紅一點，動人
春色不須多」為意。眾皆妝點花卉，獨一
工於層樓縹緲綠楊隱映中，畫一婦人憑欄
立。眾工遂服。

｜俞文豹｜

◎ 本文錄自俞文豹《吹劍錄》，原無題。
◎ 俞文豹，字文蔚，南宋括蒼（今屬浙江）人。
◎ 徽廟，宋徽宗。

念樓讀

　　道君皇帝考畫師，用詩句「萬綠叢中紅一點，動人春色不須多」為題。大家想的都是如何畫出「動人春色」來，用心畫花卉，在構圖設色上努力下功夫。

　　只有一人與眾不同。他畫的是樓台一角，掩映在楊柳深處，樓上有一位年輕的女郎，在憑欄眺望。

　　結果是這位畫師考得最好，大家也都心服。

念樓曰

　　將女人比作花，這肯定不是第一例。道君皇帝所取者，我想只是此畫師不肯同於眾人這一點。

　　創作最怕的便是同於眾人。同於眾人，便沒有了特點，顯不出個性。當然有個性有特色的未必就好，但好的創作必然是獨一份，有特色，有個性的。

　　有好長一段時間，文學批評、藝術批評只做了一件事：消滅個性。於是「眾工逐服」（不敢不服啊）的只剩下一幅「去安源」（聽說此畫如今又大紅特紅，拍賣出高價了），畫兩邊若再題上「高天滾滾寒流急，大地微微暖氣吹」，豈不正好跟道君皇帝的命題交相輝映。

　　附帶說一點，北宋時畫畫的，大約仍以畫工為主。蘇東坡、米元章和文與可輩那時即使還活著，大概是不會去應試的，去了也未必能畫得好萬歲爺心目中的「動人春色」，這真是他們那一輩喜歡弄筆桿子的人的幸福。

還 是 東 坡

學其短

[題東坡笠屐圖]

當其冠冕在朝，則眾怒羣咻，不可於時。
及山容野服，則爭先快睹。彼亦一東坡，
此亦一東坡。觀者於此，聊代東坡一哂。

‖ 陸樹聲 ‖

◎ 本文錄自施蟄存編的《晚明二十家小品》。
◎ 陸樹聲，號平泉，明華亭（今屬上海）人。

念樓讀

當東坡着了公服在朝堂上，總是被人罵，討人嫌，眾人巴不得快點將他排擠走；當他穿起木屐戴起斗笠下了鄉，又總是受人恭維，被人吹捧，他們哪怕看上一眼也覺得高興。其實，罵的是東坡，捧的還是東坡。

看着畫中的東坡，設想自己就是悠遊自在的他。別人過去罵我也好，如今捧我也好，一概不必當真，置之一笑好了。

念樓曰

克魯泡特金的《互助論》是讀高中時讀過的，他宣傳互助是生物（包括人）的本能，想以此糾正達爾文「競爭論」（物競天擇，適者生存）帶來的弊病。其實競爭、互助都是生物學上客觀存在的事實，蜂和蟻本羣間的互助是有名的，也是成功的，但羣與羣間的鬥爭則異常劇烈，打起仗來死得滿地都是。當然鬥爭自有其原因，或為地盤，或為食物，如果隔得天差地遠，利益並不交叉，也就不得鬥。

人與人之間的潛規則也是遠交近攻。斯大林殺的並不是希特勒和羅斯福，而是和他同為聯共政治局委員的季諾維也夫、加米涅夫。東坡「冠冕在朝」時，袞袞諸公是他的同事，自然難得容他；如今「山容野服」，相去已遠，而且已經到了畫裏，則「爭先快睹」亦是人情，何況稱讚他幾句，還能賺個「尊重文化、尊重人才」的美名。

殘缺之美

學其短

[書夏圭山水卷]

觀夏圭此畫，蒼潔曠迥，令人捨形而悅影。
但兩接處墨與景俱不交，必有遺矣，惜哉。
雲護蛟龍，支股必間斷，亦在意會而已。

‖ 徐渭 ‖

◎ 本文錄自《徐文長文集》。
◎ 徐渭，字文長，明山陰（今紹興）人。
◎ 夏圭，南宋錢塘（今杭州）人，名畫家。

念樓讀

夏圭這幅畫，筆墨洗練而氣勢開張，使人能夠從畫面之外感受到一種廣闊的意境，產生美感。可是拼接處的筆墨和意境都不相連，顯然有缺失，真是可惜。

看平常畫的雲中之龍，龍身沒有不被雲遮蔽着的，總有一部分肢體看不見，但龍的整個形態還是矯健生動的。只要是好畫，畫面雖欠完整，震撼力還是很大的。

念樓曰

不久前在報紙上看到，大陸館藏的《富春山居圖》殘卷，台灣博物院藏有另一截，雙方同意合起來辦一次展覽，可稱盛事。其實就是合起來，這軸長卷也還是殘的，因為原畫被投入火中，幸而有在場的人搶救，才救出這兩截。

殘缺之美，亦堪欣賞。一是它本來是美的創作，雖然殘缺，美仍存在。二是美的東西被破壞，受摧殘，不能不在人們心中引起悲愴和同情，這種超越個人利害、完全出於人性的單純的感情，亦即是美感。

至於徐文長文中提到的龍這個東西，不管被畫得如何好，我覺得總是不大好看的。所以高明的畫師需用雲遮掩牠，能表現一點飛騰的動感，便不錯了。若是像美國唐人街上做標誌的那樣張牙舞爪，整個一個鱗甲森森的大蜥蜴，越是活靈活現，越使人恐怖厭惡。真不知為甚麼有人硬要將這隻偽劣的爬蟲奉為祖先，硬要將自己說成是牠的「傳人」。

孤山夜月

學其短

［題孤山夜月圖］

曾與印持諸兄弟，醉後泛小艇，從西泠而歸。時月初上，新堤柳枝，皆倒影湖中，空明摩盪，如鏡中，復如畫中。久懷此胸臆，壬子在小築，忽為孟陽寫出，真是畫中矣。

‖ 李流芳 ‖

◎ 本文錄自李流芳《檀園集》。
◎ 李流芳，字長蘅，明嘉定（今屬上海）人。
◎ 孟陽，姓程，名嘉燧，李流芳的畫友和詩友。

念樓讀

和兄弟們喝夠了酒，半醉中駕着小船，從西泠搖過湖來。此時夜月初升，堤邊柳樹的影子，在水波上瀲灔，像在鏡中，又像在畫中。

這印象久久地存留在心中，萬曆四十年（一六一二）住在湖邊別墅裏，它忽然又浮現在眼前，於是匆匆寫出給孟陽，我自己彷彿又進入畫中了。

念樓曰

前面幾篇，或記述，或評論，或感想，寫的都是別人的畫，此篇寫的卻是自己的畫。

李流芳是文人畫家，錢謙益謂其畫「出入元人」。其詩文尤為有名，選明人小品少他不得。此篇寫自己的生活和友情，寫西湖的景色和風物，全沒有離開自己這幅畫，真可謂文情並茂、畫中有人。

孤山夜月是西湖一景（雖然「西湖八景」中沒有列入），我卻沒有親歷過。李流芳在文中也未直寫孤山，只寫了夜月，寫了夜月中的人，而孤山也就寫入人的胸臆了。

五十歲以後多次到過西湖，印象反而不及從前足跡未至時想像中的西湖美，因為那都是從文人筆下看來的，首先是張岱、吳敬梓，然後是白居易、蘇軾、「三袁」兄弟，也包括李流芳。

「甚矣，文人之筆足以移情也」，梁紹壬這句話，移用在這裏，正是恰好。

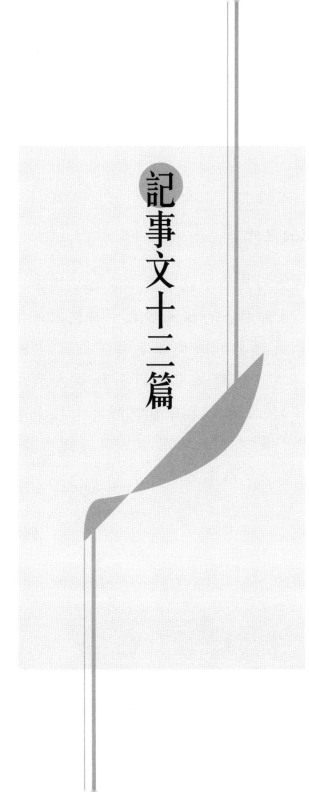

記事文十三篇

種仇得仇

[懿公之死]

齊懿公之為公子也，與邴歜之父爭田，不勝。及即位，乃掘而刖之，而使歜為僕。奪庸織之妻，而使織為參乘。公遊於申池。二人浴於池，歜以鞭抶織。織怒，歜曰：「人奪女妻而不敢怒，一抶女庸何傷？」織曰：「孰與刖其父而不病奚若？」乃謀殺公，納之竹中。

|劉向|

◎ 本文錄自劉向《說苑》卷六。
◎ 劉向，西漢沛（今屬江蘇）人。
◎ 齊懿公，公元前六一二年至前六〇九年間齊國的國君。
◎ 邴歜，人名，音 bǐng chù。
◎ 女，通「汝」。

念樓讀

齊懿公還是公子的時候，和邴歜的父親爭田地，沒有爭得贏，恨恨不已。等到他當了國君，邴歜的父親已經死去，他仍不解恨，竟命人將墳墓掘開，斫掉死人一隻腳，並且叫邴歜給自己做僕役。

他是一個十足的昏君，不僅濫施刑罰，還荒唐漁色。庸織的妻子長得好看，他就搶來放在後宮，又要庸織給自己趕馬車。

當他到申池去遊玩時，邴歜、庸織二人也跟去了。休息時二人到池中洗澡，邴歜故意拿鞭子敲庸織的頭。庸織生氣了，邴歜便對庸織道：

「別人搶走你的妻子，你都不敢生氣，敲敲腦殼又有甚麼關係呢？」

「這比父親的腳被砍，仍然忍氣吞聲的人如何？」庸織反問邴歜道。

原來二人都把齊懿公種下的深仇大恨埋在心裏，彼此一挑明，便再也壓制不住了。於是二人殺了懿公，將屍體藏在竹林中。

念樓曰

種瓜得瓜，種豆得豆，種下仇恨應得的回報便是仇恨。延安有首歌唱得好，「誰種下仇恨他自己遭殃」，齊懿公正是如此，用人不當，只不過加速了報應的到來而已。看來有權有勢的人，最好還是少結點仇，曾國藩不是說，「有勢不可使盡」嗎？

囻和囚

學其短

[則天改字]

天授中，則天好改新字，又多忌諱。有幽
州人尋如意上封云：「國字中或，或亂天
象，請口中安武以鎮之。」則天大喜，下
制即依。月餘，有上封者云：「武退在口
中，與囚字無異，不祥之甚。」則天愕然，
遽追制改令中為八方字。後孝和即位，果
幽則天於上陽宮。

‖ 張鷟 ‖

◎ 本文錄自張鷟《朝野僉載》卷一。
◎ 張鷟，唐深州陸澤（今河北深州）人。
◎ 則天，姓武名曌，唐高宗之后，後自立為帝，國號周。
◎ 天授，武則天稱帝後所改的年號。
◎ 孝和，唐中宗。

念樓讀

武則天做了皇帝，改了國號改年號，還要改革文字。她又迷信吉凶禍福之說，說好說壞都信，越信越要改。

幽州有個叫尋如意的人奏稱：「『國』字中間一個『或』字，大不吉利，好像暗示新國家或者會出事。不如將『或』字換成『武』字，改『國』為『囻』，一看便知是武姓的國家。」則天大喜，下令照改。

剛剛改成「囻」，又有人奏稱：「『武』字放在口中，就像在坐牢，太不吉利了。」則天大驚，忙下令將「囻」再改為「圀」，意思是八方全都歸於一統。

也許真是說好不靈說壞靈，後來唐中宗復辟，武則天果然被囚禁在上陽宮，一直到死。

念樓日

漢字本不是隨意造出來的，每個字都有它的形、音、義。「國」字從口從口從戈，代表土地、人民、武裝，乃是立國三要素，一望而知。改「囻」改「圀」，豈非多事。統治者害妄想症小民不會着急，只苦了讀書寫字的人。

後來的天王洪秀全，將口裏的「或」改成「王」。人民當家做主後，不便稱王，又在「王」旁加一點成了「国」。「玉」比「或」少三筆，算是簡化。其實打字無須一筆一畫打，印字也無須一筆一畫印，只簡化了手寫的工夫。原來何不學英文日文那樣，規範出一套簡化的手寫體就行了，難道寫得出 and 還認不得 AND 麼？

以餅拭手

［宇文士及割肉］

太宗使宇文士及割肉，以餅拭手，帝屢目
焉。士及佯為不悟，更徐拭而便啖之。

‖ 劉餗 ‖

◎ 本文錄自劉餗《隋唐嘉話》上，原無題。

◎ 劉餗，唐彭城（今徐州）人，著名史學家劉知幾之子。

◎ 宇文士及，隋煬帝女婿，後入唐為臣。

念樓讀

宇文士及入唐後，太宗李世民有次大宴羣臣，叫他分割熟肉。宇文士及一面割肉，一面拿擺在案上的薄餅擦手上的油。

太宗素性節儉，對此不以為然，幾次用眼盯他。宇文士及發覺了，卻裝作沒有發覺似的，繼續擦，直到將手擦乾淨，然後將擦手的餅捲起來納入口中吃掉，便沒事了。

念樓曰

此則敍事小文，通過從「以餅拭手」到「以餅納口」，這些看似自然平常，實在設計精巧的小動作，將宇文士及這個人察言觀色隨機應變的本領，刻畫得淋漓盡致。

宇文士及原姓破野頭，是鮮卑人，其父宇文述為北周重臣。隋朝統一天下後，士及當上了隋煬帝的駙馬爺。士及的哥哥化及弒帝自立，封士及為蜀王。李淵父子起兵，士及「從龍」有功，又被封郢國公，拜中書令，算得上政治上的不倒翁，全虧了這一套隨機應變的本領。

餅要能用來拭手，必須又軟又薄，首先得有優質麵粉，而廚人做餅的手藝尤其要好。唐初距今一千三百多年，當時已有如此精美的麵食，研究烹飪史的人大可注意。

除了食物之外，用餐分食的制度，也是飲食文化史應當注意的。皇室盛宴，令大臣分割熟肉，可見當時實行的還是分餐制，不是許多雙筷子在一個海碗裏撈。

人不如文

⚫學其短

［降為上計］

齊吳均為文多慷慨軍旅之意，梁武帝被
圍台城，朝廷問均外禦之計，忙懼不知所
答，但云：「愚意願速降為上。」

‖ 劉餗 ‖

◎ 本文錄自《說郛》三八。
◎ 劉餗，見頁一七○注。
◎ 吳均，見頁一二八注。
◎ 梁武帝，姓蕭名衍，五○二年建梁稱帝，五四九年被侯景困
　　於台城餓死。
◎ 台城，在玄武湖側，南朝宋齊梁陳四代的宮城。

念樓讀

吳均是南北朝時著名的文人，《吳朝請集》中寫戰爭軍旅的篇什，總是豪壯之氣十足，如：

> 男兒不惜死，破膽與君嘗。

還有：

> 不能通瀚海，無面見三齊。

但是當侯景叛軍渡江來，將梁武帝圍困在台城時，問吳均有何應敵之策，他卻只講了一句：

> 「我看只有趕快投降才是辦法。」

念樓曰

常說「文如其人」，吳均寫詩「慷慨」，臨敵「忙懼」，卻是人不如文，可笑亦復可憐。

但轉念一想，吳均本來只是個耍筆桿子的人，皇帝被圍，滿朝文武，束手無策，卻問他「外禦之計」，「不知所答」也是難怪。

金庸筆下的東邪西毒武功那麼高強，金庸卻說他自己根本不會武術，勞倫斯寫得出查泰萊夫人關不住的春色春光，他也並沒有和伯爵夫人上過牀，「人」和「文」本來未見得是一回事。

我們可以同意「人歸人，文歸文」，但寫（說）一套做一套畢竟是不好的。「副統帥」對客揮毫寫「四個偉大」，關起門來搞「五七一工程」無論矣，就是習水縣一小小司法所幹部，剛整完流氓分子的材料，馬上就「親自」去嫖宿幼女，其不可恕的程度也大大超過了吳均。

豹咬殺魚

學其短

［婁師德］

則天禁屠殺頗切，吏人弊於蔬菜。師德為
御史大夫，因使至於陝。廚人進肉，師德
曰：「敕禁屠殺，何為有此？」廚人曰：「豹
咬殺羊。」師德曰：「大解事豹。」乃食之。
又進鱠，復問何為有此。廚人復曰：「豹
咬殺魚。」師德因大叱之：「智短漢，何不
道是獺！」廚人即云是獺。師德亦為薦之。

‖ 李昉 ‖

◎ 本文錄自《太平廣記》卷四九三，原無題。
◎ 李昉，北宋深州饒陽（今屬河北）人。
◎ 婁師德，唐貞觀進士，武后時參知政事。

念樓讀

武則天信佛，曾經很嚴厲地禁止殺生。官員們不能吃魚吃肉，盡吃蔬菜，都吃得厭煩了。

御史大夫婁師德到陝西視察，吃飯的時候，廚子給他端上來一盆燒羊肉。婁問：「朝廷正在禁屠，怎麼會有這個啊？」

廚子答：「是豺狗咬死的羊。」

「真懂事的豺狗子啊！」婁高興地說，便將羊肉吃了。

接着廚子又送上來一盆溜魚片。婁又問怎麼會有魚，廚子又答：「是豺狗咬死的魚。」

「蠢東西，咬死魚的該是水獺啊！」婁罵道。廚子忙改口說，是水獺咬死的魚。

罵歸罵，結果婁師德還是獎賞了這個給他燒羊肉和溜魚片的廚子。

念樓曰

這真是一篇十分精彩的敘事文。廚子不缺乏伺候老爺的經驗，但畢竟是個粗人，難免有「智短」的時候。婁師德為御史大夫，等於副宰相，即使裝模作樣，表面上也得維護朝廷的禁令。「是豺狗咬死的羊」，「真懂事的豺狗子啊」，是無可奈何的矯飾，也是天然絕妙的詼諧。至於「豺狗咬死的魚」和大罵蠢東西，則簡直無以名之，只能稱為無上妙品的黑色幽默。

有脾氣

學其短

［學士草文］

楊大年為學士時，草答契丹書云「鄰壤交歡」。進草既入，真宗自注其側云「朽壤，鼠壤，糞壤」。大年遽改為「鄰境」。明旦引唐故事，「學士作文書有所改為不稱職，當罷」，因亟求解職。真宗語宰相曰：「楊億不通商量，真有氣性。」

‖ 歐陽修 ‖

◎ 本文錄自歐陽修《歸田錄》卷一，原無題。
◎ 歐陽修，見頁二八注。
◎ 楊大年，名億，宋建州浦城（今屬福建）人。

念樓讀

楊億任翰林學士時，有次奉詔起草致契丹的國書，稿中寫了一句「鄰壤交歡」。呈請皇帝裁示時，真宗皇帝因為心裏對契丹有氣，便在「壤」字旁邊批了「朽壤，鼠壤，糞壤」六個字。楊億見到，便將「鄰壤」改成了「鄰境」。

第二天上朝，楊億便提交辭呈，而且態度十分堅決，說：「唐朝有規定，翰林學士為朝廷起草文字，如果有地方需要改動，即屬於不稱職，是應該罷免的。」

真宗皇帝拿他沒辦法，只好對宰相說：「楊億的文章不讓改，硬是沒得一點商量，這個人真有脾氣。」

念樓曰

如今的文學史上，恐怕未必提到楊億，就是提到，給他的評價亦未必高。但在宋真宗時，他卻是首席御用文人，即便如此，他也還是「有脾氣」的，也就是還能保持自己的獨立性和人格。

北宋國力不強，常吃契丹的虧。真宗皇帝有氣無處出，只好在草稿上貶之為「朽」為「鼠」為「糞」，其實這和阿 Q 躲着罵「禿兒」罵「驢」一樣，是絕對不敢寫上國書的；何況楊億用的「鄰壤」一詞，並無過分恭維之意，改為「鄰境」，仍是半斤八兩。這樣亂改，難怪楊億要甩紗帽。

獻 賦

學其短

［丹鳳門］

藝祖時新丹鳳門，梁周翰獻《丹鳳門賦》。
帝問左右：「何也？」對曰：「周翰儒臣，
在文字職，國家有所興建，即為歌頌。」
帝曰：「人家蓋一個門樓，措大家又獻言
語！」即擲於地。即今宣德門也。

| 龔鼎臣 |

◎ 本文錄自龔鼎臣《東原錄》，原無題。
◎ 龔鼎臣，號東原，北宋須城（今山東東平）人。
◎ 藝祖，即宋太祖趙匡胤。
◎ 梁周翰，五代後周進士，入宋後為翰林學士。

念樓讀

趙匡胤定都開封，重新裝修了丹鳳門（就是後來的宣德門）。剛一完工，留用的翰林學士梁周翰，便忙不迭地獻上一篇《丹鳳門賦》。

「幹嗎呢，寫上這一大篇？」趙匡胤問身邊的人。

「梁某是讀書人，做文字工作的；歌頌國家的新建設、新氣象，是他的職責啊。」

「不就是蓋個門樓嗎，還值得這樣吹捧？這幫酸文人也太會拍馬屁了。」趙匡胤滿臉瞧不起的神氣，將賦往地上一丟。

念樓曰

御用文人及時獻賦，歌頌國家的新建設、新氣象，乃是他的本分，本該受到獎賞。若在乾隆一類講求「文治」的皇帝陛下那裏，獻得不及時只怕還要受斥責，即使不開除，也會影響得大獎拿津貼。可是這次偏偏碰上了剛剛由「點檢」做天子的趙匡胤，還不習慣這一套。拍馬屁拍到了馬腿上，龍馬尥起蹶子來，挨的這一下可不輕。

「荃不察余之中情兮……」屈大夫的牢騷，想必會在挨了踢的翰林學士心中引起共鳴。

鋪天蓋地的歌頌文章使眼睛看脹了的人，卻肯定會為太祖皇帝這一次的英明而高興，喊幾聲萬歲也有可能是真心的了。

樹 倒 猢 猻 散

學其短

[不依附]

宋曹詠依附秦檜，官至侍郎，顯赫一時。
依附者甚眾，獨其妻兄厲德斯不以為然。
詠百般威脅，德斯獨不屈。及秦檜死，德
斯遣人致書於曹詠，啟封，乃《樹倒猢猻
散賦》一篇。

| 龐元英 |

◎ 本文錄自龐元英《談藪》，原無題。
◎ 龐元英，北宋時單州成武（今屬山東）人。

念樓讀

曹詠投靠秦檜，成為秦的親信，當上了副部長，有權有勢，巴結他的人很多。他的妻兄厲德斯，卻非但不來趨炎附勢，反而因此和他疏遠了。曹詠以為這樣沒有面子，便想着法子要讓厲德斯也來捧場，軟的硬的辦法都用盡了，厲德斯就是不買賬。

後來秦檜一死，秦黨立刻失勢，土崩瓦解，到曹詠府上來的人也絕跡了。這時厲德斯才叫人給曹詠送來個大信封，拆開一看，原來是一篇《樹倒猢猻散賦》。

念樓曰

猢猻靠樹吃樹，對樹的攀緣依附，乃是牠們的天性。但這是以樹根基牢固、枝繁葉茂、果實纍纍為前提的，只有這樣，樹才能給猢猻提供吃喝玩樂往上爬的條件。如果大樹一倒，對於猢猻便失去了利用的價值，猢猻們自然要另謀高就，再去攀緣依附別的大樹，其「散」也就是必然的了。

猢猻雖屬靈長科，畢竟是畜生。其來爬也好，散去也好，均不能以人的道德求之。而人則不同，通常人情冷暖，世態炎涼，人們的同情總傾向於被冷被涼的這一方面，對勢利小人則予以鄙視。這個故事卻頗為特殊，被譏笑的最後只剩下一個曹詠。

稍覺難解的是，暴發了的老妹郎，起初何以「百般威脅」大舅子，硬要他來捧場？難道樹一大便非得要猢猻來爬麼？

巧安排

學其短

［一舉三役］

祥符中，禁內火，時丁晉公主營復宮室，
患取土遠，公乃令鑿通衢取土，不日皆成
巨塹。乃決汴水入塹中，引諸道竹木排筏
及船運雜料，盡自塹中入至宮門。事畢，
卻以斥棄瓦礫灰壤，實於塹中，復為通
衢。一舉而三役濟，計省費以億萬計。

‖ 沈括 ‖

◎ 本文錄自沈括《夢溪筆談》「補筆談卷二」，原無題。
◎ 沈括，字存中，北宋錢塘（今杭州）人。
◎ 丁晉公，名謂，宋真宗時為相，封晉國公。

念樓讀

宋真宗大中祥符年間，皇宮發生火災，災後重建，需要取土。主管工程的丁謂決定挖掘皇宮周圍的大道，挖出土來供施工之用，這樣取土的距離就近了。

原來的道路挖成了很寬很深的溝，引入汴河的水，便成了運輸的水道，建築需用的竹木可紮成排筏，磚瓦石料則可用船載運，從城外一直運到工地，進行施工。

重建完成，大量的建築垃圾需要處理，將其填塞在溝內，水溝又恢復成了寬闊的道路。

丁謂一個點子，辦好了三件大事，節省了上億的工程費用，還縮短了工期。

念樓曰

《夢溪筆談》中，確實有不少科學技術史的材料，這一條便是管理科學和運籌學實際運用的好例。

丁謂這個人，在歷史上的名聲並不好，因為他是寇準的對頭；寇準為賢相，他就是奸臣了。《宋史》說「世皆指為奸邪」，但也承認他「機敏有智謀，憸狡過人」，「憸狡」自然是貶義詞，但智商高總是事實，不然又怎能「一舉三役」，讓沈括佩服呢？

《宋史》還說丁謂「文字累數千百言，一覽輒誦」，「尤喜為詩，至於圖畫、博弈、音律，無不洞曉」，可惜這些沒能夠保存下來，這大概是做奸臣該付出的代價。

父與子

學其短

［曹彬曹璨］

曹璨，彬之子也，為節度使。其母一日閱宅庫，見積錢數千緡，召璨指而示曰：「先侍中履歷中外，未嘗有此積聚，可知汝不及父遠矣。」

‖ 王君玉 ‖

◎ 本文錄自王君玉《國老談苑》，原無題。
◎ 王君玉，宋人，《宋史》稱其夷門君玉。
◎ 曹彬、曹璨，父子均為北宋大臣。

念樓讀

曹璨是北宋開國功臣曹彬的兒子。後來他也做了大官，此時其父曹彬已經去世，但母親還在。

老太太有天走進家中的庫房，見到一大堆的錢，總數有好幾千貫。她便將曹璨叫來，指着這些錢教訓道：「你父親在朝中官做到太師兼侍中，封了國公，在外面帶兵打仗，又貴為元帥，卻從沒為家裏弄來這麼多錢。看起來，和父親比，你還差得遠。」

念樓曰

這裏說的是兒子不如老子的品德好。《國老談苑》多記北宋「國老」事跡，曹家三代都可稱國老，都做大官。

都說高幹子弟喜歡錢，但曹彬也是高幹子弟，他老子曹芸在前朝也做過節度使，他自己歸宋後卻一直謙恭謹慎，堅持操守。宋初滅後蜀，下南唐，平北漢，他都是主帥。打了勝仗，部下將官多有子女玉帛，他則一毫不取，「橐中惟圖書衣衾而已」。

曹璨卻不能同他父親一樣廉潔，雖然比起家財萬貫的大貪官來，幾千貫還不算太多。後來曹璨的政聲也不太壞，恐怕多虧了老太太的教訓監督，還是曹彬的遺澤。

如今有些「第二代」和「第三代」，比曹璨更貪，外快一次即是幾億十幾億，遠不止「數千緡」。人們的價值觀念也變了，能登富豪榜才是真成功，在撈錢的能力上，比起他們來，真正「不及遠矣」的該是老一輩了。

須讀書人

學其短

[乾德銅鏡]

乾德三年春平蜀，蜀宮人有入掖庭者，太
祖覽其鏡背云「乾德四年鑄」。上大驚，
以問陶竇二內相。二人曰：「蜀少主嘗有
此號，鏡必蜀中所鑄。」上曰：「作宰相須
是讀書人。」自是大重儒臣。

‖ 李心傳 ‖

◎ 本文錄自李心傳《舊聞證誤》卷一，原無題。
◎ 李心傳，字微之，宋井研（今屬四川）人。
◎ 陶竇二內相，應是陶穀、竇儀兩位翰林學士。

念樓讀

宋太祖趙匡胤的年號，最初稱「建隆」，後來改稱「乾德」。

乾德三年（九六五）春，宋兵攻入成都，滅了後蜀。蜀宮女有的被送入宋宮，其隨帶的銅鏡上有「乾德四年鑄」字樣。趙匡胤很是詫異：今年才是乾德三年，怎麼提前出現乾德四年了呢？於是他便去問陶、竇二位翰林學士。二位學士答道：「四十六年前，前蜀少主王衍也曾用『乾德』做年號，這銅鏡一定是那時鑄的。」

趙匡胤大為佩服，說：「看來宰相還是要用讀書人。」從此開始重視文臣。

念樓曰

趙匡胤在戲台上是條紅臉大漢，本來出身「驍勇善騎射」的人家，完全是靠打仗的功勞，才當上後周朝的「點檢」（司令官），接着就「點檢做天子」了。他自己不是文人，卻知道管理國務的宰相還是要用讀書人，這就十分難得。

如果不用讀書人，便只能用跟自己一路打仗打出來的「老幹部」，這些人沒文化，少知識，不僅不知歷朝列國的年號，更不知管理經濟和文教。這方面可以舉出一個我親見親聞的例子：一九五一年我去某國營大礦採訪，聽黨委書記做報告總結年度生產工作，每項數字最後三位都是「010」，好生疑惑，將報告文本拿來一看，才知道他將「%」都唸成「010」了。

勿與鑰匙

學其短

[刺史避賊]

周定州刺史孫彥高，被突厥圍城數十里。彥高乃入櫃中藏，令奴曰：「牢掌鑰匙，賊來索，慎勿與。」

‖陶宗儀‖

◎ 本文錄自陶宗儀纂《說郛》卷二引《朝野僉載》，原無題。
◎ 陶宗儀，字九成，號南村，元黃巖（今屬浙江）人。

念樓讀

北周常遭突厥入侵。有次定州城被圍，和後方隔斷了好幾十里，快要守不住了。州里的行政首長孫彥高，慌忙躲進家中收藏物件的木櫃子，叫僕人將櫃子鎖上，交代道：

「死死地抓着這片鑰匙，突厥兵問你要，千萬不能給他們啊。」

念樓曰

這一則簡直是一個笑話，像是《笑林》和《百喻經》裏的東西，但此文言之鑿鑿，有名有姓，想必是真的。就是不知道城破以後，突厥兵到底打開這個櫃子沒有？初讀此文時我這樣想。

繼續翻看下去，在《說郛》裏又發現了寫孫彥高的一條，說他在突厥圍城時，先是「卻鎖宅門，不敢詣廳事，文案須徵發者，於小窗內接入」。城破以後，他「乃謂奴曰，牢關門戶，莫與鑰匙」。而結果則是，「俄而陷沒，刺史之宅先殲焉」。

《說郛》這兩節，都說明輯自張鷟《朝野僉載》。但《朝野僉載》在「慎勿與」句下還有以下文字：

昔有愚人入京選，皮袋被賊盜去，其人曰：「賊偷我袋，將終不得我物用。」或問其故，答曰：「鑰匙尚在我衣帶上，彼將何物開之？」此孫彥高之流也。

不管是鎖櫃子還是鎖宅門，孫彥高認為最要緊的都是鑰匙，必須死死抓住，林彪云「悠悠萬事，唯此為大」者是矣。

一覽皆小

學其短

[書匾額]

高澹人隨聖祖登泰山，聖祖欲書匾額，已擬定「而小天下」四字。提筆一揮，將而字一畫寫太低，以下難再著筆。帝甚躊躇，高曰：「陛下非欲書『一覽皆小』四字耶？」帝欣然一揮而就。

|| 易宗夔 ||

◎ 本文錄自易宗夔《新世說·捷悟》，原無題。
◎ 易宗夔，民國湖南湘潭人。
◎ 高澹人，名士奇，清錢塘（今杭州）人。

念樓讀

清聖祖康熙皇帝登泰山，要題匾。原來想用「孔子登泰山而小天下」的典故，題「而小天下」四個字。不料提筆一揮，將「而」字的一橫寫得太低，無法再寫下去了。

陪侍在一旁的高士奇，見到康熙皇帝不再動筆，呆呆地站在那裏，心知肚明，立刻湊近去低聲問道：「陛下是想寫『一覽皆小』四個字麼？」

康熙一聽，豁然開朗，立刻高高興興地題寫了這塊匾額——「一覽皆小」。

念樓曰

高士奇既無背景，又無功名，一肩行李入京，居然成為皇帝的寵臣，參與機要，直到可以和宰相明珠爭權奪利的地步，當然有他過人的本事。看了這則敍事，對他的本事應該有所了解，那真不是旁人輕易學得來的。

這則敍事，竟似文壇佳話，故事性強，人物動作鮮明。但深入一層看，最高統治者信手揮毫，本領不濟；文學侍從先意承志，及時捉刀，卻更有意思。

那時君王「無屎不黃金」，「放屁」也成文；文臣「時刻準備着」，準備給君王擦屁股。擦得好的如高士奇，便可以安富尊榮一輩子。

記人物十三篇

吸膿瘡

學其短

[吳起為魏將]

吳起為魏將攻中山，軍人有病疽者，吳子自吮其膿，其母泣之。旁人曰：「將軍於而子如是，尚何為泣？」對曰：「吳子吮此子父之創，而殺之於涇水之戰，戰不旋踵而死。今又吮之，安知是子何戰而死，是以哭之矣。」

|| 劉向 ||

◎ 本文錄自劉向《說苑》卷六。
◎ 劉向，見頁一六六注。
◎ 中山，春秋戰國時國名，位於今河北定州、平山一帶。

念樓讀

吳起在魏國當大將,統率軍隊去攻打中山國。有一名軍士生了毒瘡,吳起便去殷勤照料,用嘴去吸他瘡口裏的膿。那軍士的母親知道了,便傷心地哭了起來。旁邊的人問她道:

「將軍對你的兒子這樣好,你為甚麼還要哭呢?」

「上次涇水之戰,戰前孩子他爸也生了毒瘡,吳將軍也替他吸了膿。戰事一打起來,他爸就一步不停地往前衝,很快就戰死了。這回吳將軍又替我兒子吸了膿,這孩子還不是死定了麼?」

念樓曰

想用不多的筆墨刻畫人物,必須抓住他最突出、最引人注意的特點,例如吳起的吮疽──吸膿瘡。

用嘴為人吸膿,從潰爛的瘡口中吸膿,那氣味,那感覺,想必是很難很難接受的吧。只聽說過有母親施之於嬰孩的,而且是瀕死的嬰孩,捨此再無別法,但結果仍未能挽救其生命。若施之於旁人,就只有我佛如來的大慈大悲、耶穌基督的博愛萬民,才能如此。而我們的吳起卻這樣做了。

古之名將,首推「孫吳」,這「吳」便是吳起。吳起殺妻求將,又曾殺「鄉黨笑之」者三十餘人,以「猜忍」著名。猜忍之人,卻能使士兵為他「戰不旋踵而死」,其辦法便是為士兵吸膿。吸了一個又吸一個,吸得個個都願為他而死。一將功成萬骨枯,萬骨枯了,他就「功成」,成了名將。

高下自見

⬤學其短

[祖阮得失]

祖士少好財，阮遙集好屐，並常自經營，同是一累，而未判其得失。人有詣祖，見料視財物，客至屏當未盡，餘兩小簏，以置背後，傾身障之，意未能平。或有詣阮，正見自吹火蠟屐，因歎曰：「未知一生當着幾兩屐！」神色閒暢。於是勝負始分也。

‖ 裴啟 ‖

◎ 本文錄自裴啟《語林》輯本，原無題。

◎ 裴啟，字榮期，東晉初河東聞喜（今屬山西）人。

◎ 祖士少，名約，東晉人，為祖逖之弟，繼兄為刺史，後叛奔後趙，被殺。

◎ 阮遙集，名孚，東晉人，為阮籍姪孫。

念樓讀

東晉名人祖約和阮孚，一個好積存錢幣，一個愛料理木屐，都耗費了不少的時間和精力。這本來只是他兩個人的事情，別人不會管，更不會去評論誰高誰下。

直到有次人們去看祖約，他正在數錢，聽說客來，慌忙收拾。來不及收進去的兩隻小竹箱，他只好用身子遮着，在客人面前左偏右擋，顯得很不自然。

又有人去看阮孚，他正在給木屐上蠟，卻仍然從從容容地吹着火，一面還發着感慨：「人生一世，真不知能穿得幾雙木屐啊！」

從此在人們心目中，他倆便分出了高下。

念樓曰

生年不滿百，本穿不了幾雙木屐。後人詩如「山川幾兩屐」「歲華正似阮孚屐」，對此都深有感觸。蓋人生多艱，能夠欣賞一點自覺美好的事物，暫時忘卻塵世的煩憂，便是生活藝術的高境界，亦易得到理解和同情。

有點愛收藏之類的癖好，為累亦不多。若不是想在公眾面前裝出不玩物喪志的模樣，又何必把本可大大方方做的事情，搞成一副見不得人的樣子。祖約的表現，確實只能「落敗」。

木屐現在東洋人還在穿，西洋荷蘭的木鞋亦彷彿近之。湖南過去也有「湘潭木屐益陽傘，桃花江的妹子過得揀（音 gǎn）」的諺語，今則此物作為國粹似已完全消失矣。

牛 頭 馬 面

學其短

[周興殘忍]

周秋官侍郎周興，推劾殘忍，法外苦楚，
無所不為，時人號牛頭阿婆，百姓怨謗。
興乃榜門判曰：「被告之人，問皆稱枉。
斬決之後，咸悉無言。」

‖ 張鷟 ‖

◎ 本文錄自張鷟《朝野僉載》卷二，原無題。
◎ 張鷟，見頁一六八注。
◎ 周興，唐長安（今西安）人。
◎ 周，此處指武則天建立的周朝（六九〇 — 七〇五年）。
◎ 牛頭阿婆，應作牛頭阿旁，指地獄中的鬼卒，喻指兇惡可怖
的人。

念樓讀

武則天建立「大周」，厲行鎮壓，重用刑部侍郎周興，提拔其為尚書左丞。周興大搞刑訊逼供，務求置人於死地，殺了好幾千人。審訊時犯人受不了各種酷刑，喊冤枉喊得驚天動地，當時人們都將他比作陰曹地府的牛頭馬面。周興為了反擊輿論，公然在辦公樓前貼出一張公告：

「犯人被審問時，沒有一個不喊冤枉的；砍掉腦殼以後，就沒一個再喊冤枉了。」

念樓日

在武則天任用的酷吏中，來俊臣出身市井無賴，索元禮是「胡人」，侯思止「貧懶不治業，為渤海高元禮奴」，只有周興「少習法律」，算是被「結合」的老政法幹部。所以儘管周興努力學做牛頭馬面，大張旗鼓地砍腦殼，大張旗鼓地宣傳，還是當不上一把手。結果他被交付來俊臣審查，被「請君入甕」了。

周興在貼出他精心撰寫的公告時，肯定是滿腹豪情、滿臉喜色的，因為這是在為「大周革命」鎮壓反革命，砍腦殼自然越多越好，越多越有功，何況自己還會寫四言詩做宣傳，肯定會受上賞。殊不知「大周皇帝」要的只是鞏固武氏政權，李唐舊臣自須多殺，錯殺亂殺亦無妨；但「好皇帝」的名聲還是要的，牛頭馬面的惡名只能由周興來背，必要時還得殺掉他「以平民憤」。

英雄本色

學其短

［英公言］

英公嘗言：「我年十二三為無賴賊，逢人則殺；十四五為難當賊，有所不快者，無不殺之；十七八為好賊，上陣乃殺人；年二十便為天下大將，用兵以救人死。」

‖ 劉餗 ‖

◎ 本篇錄自劉餗《隋唐嘉話》上卷，原無題。
◎ 劉餗，見頁一七〇注。
◎ 英公，即李勣，唐朝開國元勳，封英國公。

念樓讀

英國公李勣，曾經這樣介紹自己的一生：

「我十二三歲便是個流氓，當了土匪。那時候糊裏糊塗的，見了人就殺。

「十四五歲時，已經成了個出名的惡強盜，無論是誰，只要瞧着不順眼，沒有不被我殺掉的。

「十七八歲開始造反，學做好強盜，上陣打仗才殺人。

「二十歲當了大將，要奪天下，從此帶兵作戰，就是為着解放人民羣眾了。」

念樓曰

李勣原名徐世勣，字懋功，「瓦崗寨」中的徐茂公便是他，當過李世民的總司令（行軍大總管）和副首相（開府儀同三司同中書門下）。有膽量承認自己流氓土匪出身的歷史，是其坦白可愛處，亦英雄本色也。

他的話要言不煩，總結了「農民起義」的四個階段：先從請人吃板刀麵開始，練基本功。成了團伙，明火執仗，算是揭竿而起，勢必亂殺多殺。迨火併出頭，稍成氣候，看到了造反的前途，才會慢慢開始講點紀律，「學做好強盜」。等到野心升格為「大志」，想要開國平天下，那就得立大旗頒口號了。

李勣是勝利通過了四個階段的成功者。李自成功敗垂成；洪秀全連「好強盜」都算不上；義和拳請黎山老母下凡，更只能算邪教，不成氣候了。

聽其自然

學其短

[裴晉公]

裴晉公為門下侍郎，過吏部選人官，謂同過給事中曰：「吾徒僥倖至多，此輩優與一資半級，何足問也？」一皆注定，未曾限量。公不信術數，不好服食，每語人曰：「雞豬魚蒜，逢着則吃。生老病死，時至則行。」其器抱弘達皆此類。

‖ 趙璘 ‖

◎ 本文錄自趙璘《因話錄》卷二，原無題。
◎ 趙璘，字澤章，南陽（今屬河南）人，後徙平原（今屬山東）。
◎ 裴晉公，裴度，唐聞喜（今屬山西）人，元和中為相，平吳元濟，封晉國公。

念樓讀

裴度任門下省侍郎時，到吏部考察官吏，對同去的給事中（官名）道：「你我還不是因為機會好，才僥倖能到這樣的地位；今天來考察別人，多給他們一官半職，也是應該的。」於是審核一概從寬，儘量不「卡」人。

後來他當了宰相，封晉國公，地位崇高，處事嚴正，但待人接物仍很隨和，老來也不信邪不信氣功，不忌口不吃補藥，常常這樣說自己：

「葷菜素菜，來啥吃啥；生老病死，聽其自然。」

這幾句話，很可以看出他的思想、見識和氣量。

念樓曰

一個人的氣量和器識，從他對待死的態度上，最能夠看得出來。有的人臨死還記恨別人，咬牙切齒地說甚麼「一個也不寬恕」；有的人被抬去搶救時，念念不忘的仍是自己的政治地位，高聲大叫以明心跡……他們都死得太累了，當然比起死不放心小老婆誰來養、崽安排甚麼官的諸公來，還要好看一點。

生老病死，佛家所謂「四苦」。生來會老，會病，會死，這是秦始皇、斯大林也不能例外的。故最好的生活方式，便是學裴度這樣聽其自然，勿倒行逆施以促其死，亦勿服食求仙妄冀長生，「雞豬魚蒜」還是「逢着則吃」為好。且不說回龍湯、活螞蟻吞起來太噁心，凌晨四五點鐘起牀上馬路去跑也是可憐無補徒費精神也。

靴 價

⬤學其短

［馮道和凝］

故老能言五代時事者云：馮相道、和相凝
同在中書，一日，和問馮曰：「公靴新買，
其直幾何？」馮舉左足示和曰：「九百。」
和性褊急，遽回顧小吏云：「吾靴何得用
一千八百？」因詬責久之。馮徐舉其右足
曰：「此亦九百。」於是烘堂大笑。時謂宰
相如此，何以鎮服百僚。

‖ 歐陽修 ‖

◎ 本文錄自歐陽修《歸田錄》卷一，原無題。
◎ 歐陽修，見頁二八注。
◎ 馮道、和凝，五代後晉時同為宰相。
◎ 中書，唐、五代時的中書令就是宰相，其辦事機構叫中書
　省，都可以簡稱「中書」。

●念樓讀

老一輩中熟悉五代時掌故的人，給我講過馮道、和凝的一件事。那是他倆同在中書省當宰相的時候，和凝有回見馮道穿了雙新靴，便問他道：

「您這雙新靴子是多少錢買的？」

「九百。」馮道舉起左腳，這樣答道。

和凝是個急性子，一聽就火了，回頭便呵責自己的隨從：「我的怎麼要一千八？」罵個不停。馮道在一旁好像插不上嘴，過了一會，才向和凝舉起自己的右腳，慢吞吞地說：

「這一隻也是九百。」聽者無不大笑。

老一輩說，五代時便是這樣，連宰相都開玩笑，大小官員還會認真辦事嗎？

●念樓曰

此文敍述生動，但末尾的評論卻是蛇足。即使都在嚴肅認真地辦事，上班前後同事之間偶爾開點無傷大雅的玩笑，調節一下緊張的氣氛，也是有益無害的。何況在改朝換代像走馬燈一樣的時候，不斷地表忠、緊跟都來不及，玩「黑色幽默」又不免有譏諷朝政之嫌，若是連這類小玩笑都不能開，豈不令人窒息？

標榜忠於一姓的人常苛責馮道，其實馮道在那時候還是為保護經濟文化做了不少好事的，如校印「監本九經」即是其一。開開小玩笑，恐怕也是他應付時局的一種方法。

胡銓

學其短

［斬檜書］

胡澹庵上書乞斬秦檜，金虜聞之，以千金求其書。三日得之，君臣失色，曰：「南朝有人。」蓋足以破其陰遣檜歸之謀也。乾道初虜使來，猶問胡銓今安在。張魏公曰：「秦太師專柄二十年，只成就得一胡邦衡。」

‖ 羅大經 ‖

◎ 本文錄自羅大經《鶴林玉露》甲編卷六。
◎ 胡澹庵，名銓，字邦衡，南宋廬陵（今江西吉安）人。
◎ 羅大經，字景綸，南宋廬陵（今江西吉安）人。
◎ 秦檜，字會之，南宋江寧（今南京）人。
◎ 乾道，宋孝宗年號。
◎ 張魏公，即張浚，南宋綿竹（今屬四川）人，封魏國公。

念樓讀

胡銓主戰，上書請斬秦檜，停止與金議和。金國用一千兩銀子的重價，買得胡銓上書的抄本。看了以後，君臣相顧失色道：

「南朝還有人吶。」

如果宋高宗當時能採納胡銓的上書，金國利用秦檜使得南宋求和的打算便落空了。

直到孝宗即位以後，金國使臣來臨安，還要問：「胡銓現在在哪裏？」

怪不得張浚要說：「秦太師執政二十年，只造就了一個胡銓。」

念樓曰

胡銓上書請斬秦檜，是南宋反對議和的最強音。時在高宗紹興八年（一一三八），宰臣秦檜決策主和，金使來以「詔諭江南」為名。胡銓上書激烈抨擊秦檜、孫近（參知政事）、王倫（赴金專使），「願斷三人頭，竿之藁街……不然，臣有赴東海而死，寧能處小朝廷求活耶」。書上，銓被「除名編管」，輿論為之不平。有人將其書傳抄刊刻，「金人募之千金」。

南宋當時該不該像列寧和德國簽訂《布列斯特和約》那樣同金人議和，這是歷史學家研究的問題。但胡銓敢於對執政大臣的根本政策提出不同意見，公開激烈地攻擊其人，倒頗有現代政治中反對派的氣魄。「秦太師專柄二十年」，並沒有剝奪他的言論自由，也是十分難得的。

更快活

[梅詢]

梅詢為翰林學士，一日書詔頗多，屬思甚苦，操觚巡階而行，忽見一老卒臥於日中，欠伸甚適。梅忽歎曰：「暢哉！」徐問曰：「汝識字乎？」曰：「不識字。」梅曰：「更快活也。」

‖ 謝肇淛 ‖

◎ 本文錄自謝肇淛《五雜組》卷之十六，原無題。
◎ 謝肇淛，字在杭，明長樂（今屬福建）人。
◎ 梅詢，宋宣城（今屬安徽）人。

念樓讀

梅詢在朝中當翰林學士，有天交來叫他起草的文件特別多，又特別費斟酌。他忙得頭昏腦脹，擱下筆想外出走走，手裏還拿着正在修改中的文稿，出房門便見一個老兵躺在那裏曬太陽，正伸着懶腰。

「多快活啊！」梅詢感歎道，接着便和顏悅色地問那老兵：「你認識字嗎？」

「不認識字。」老兵答道。

「那就更快活了。」

念樓曰

翰林學士屬於最高級的秀才班子，是國家元首身邊的工作人員，其地位、待遇比老兵何止高出百倍。可梅詢卻說在陽光下伸懶腰的老兵比自己「更快活」，而且還是發自內心的感歎，並不是在鏡頭前裝出的樣子。

是快活還是不快活，在梅詢看來，關鍵在於識字還是不識字，古人也有過「人生識字憂患始」的感慨，難道識字真是一切苦惱的根源嗎？我看壞就壞在識字稍多就會要思想，尤其在用文字筆墨為統治者服務的時候，如何體會聖心緊跟旨意，怎樣風來隨風雨來隨雨，還得在明明沒有道理的事情上說出個道理來，都得挖空心思用盡腦力，又如何快活得起來呢？當然只能夠羨慕老兵在太陽底下伸懶腰了。

洗 馬

學其短

[楊文懿公]

楊文懿公守陳，以洗馬乞假歸。行次一
驛，其丞不知為何官，與之抗禮，且問公
曰：「公職洗馬，日洗幾馬？」公曰：「勤
則多洗，懶則少洗。」俄而報一御史至，
丞乃促公讓驛。公曰：「此固宜，然待其
至而讓未晚。」比御史至，則公門人也，
跽而起居。丞乃蒲伏謝罪，公卒不較。

‖ 張岱 ‖

◎ 本文錄自張岱《快園道古》卷之一，原無題。
◎ 張岱，字宗子，號陶庵，明末清初山陰（今紹興）人。
◎ 楊文懿公，名守陳，字維新，明弘治時為吏部右侍郎，後兼
　詹事府，卒諡文懿。
◎ 洗馬，漢代太子少傅屬官有太子洗馬。後世設司經局、左春
　坊，皆洗馬領之。明代詹事府官亦稱「洗馬」。

念樓讀

古時朝廷設有「太子洗馬」一職，後世詹事府的主官也有稱「洗馬」的，都是相當於副部級以上的高官。

楊文懿公以吏部侍郎兼詹事府告假還鄉，在路上住驛所時，自稱「洗馬」。所長見楊公毫無大官的派頭，以為「洗馬」真的只管洗馬，同自己一樣是個芝麻官，便問楊公：

「你負責洗馬，一天要洗多少匹馬？」

楊公無法回答，只好隨口說道：「勤快就多洗，不勤快就少洗，沒有一定的。」

此時忽說有位御史要來住，所長便叫楊公騰房。楊公說：「等大人一到我就騰。」

御史一到，見了楊公，納頭便拜。所長這才慌了神，跪求恕罪，楊公一笑置之。

念樓曰

據說招待所長亦須選機靈人，看來確實如此。這裏有趣的是楊公的幽默感，若他跟報載的 ×× 市長一樣，沒給安排總統套房便破口大罵其娘，就寫不出引人發笑的文章了。

人分三六九等，也以在公家接待場合最為顯明。楊公原被視為小官，御史老爺來了便得騰房；後來被視為大官了，招待所長又對他磕頭如搗蒜。曾見名片上印着「享受正廳級待遇」，覺得何必如此，現在想想，也許還是有必要的。

又哭又笑

學其短

［御史反覆］

平原董默庵訥，以御史大夫改江南江西總督。有某御史者造之，甫就坐，大哭不已。董為感動，舉座訝之。某出，旋造大冶相余佺廬國柱，入門揖起，即大笑。余驚問之，對曰：「董某去矣，拔去眼中釘也。」京師傳之，皆惡其反覆，未幾罷官。

‖王士禛‖

◎ 本文錄自王士禛《古夫於亭雜錄》卷一。
◎ 王士禛，見頁一四〇注。
◎ 董默庵，即董訥，清山東平原人，康熙年間曾任兩江總督。
◎ 余佺廬，即余國柱，清湖廣（今湖北）大冶人，康熙二十六年（一六八七）授武英殿大學士，二十七年（一六八八）革職。
◎ 拔去眼中釘也，《新五代史》說趙在禮罷官，人們相慶曰「拔去眼中釘也」。

念樓讀

董默庵原任左都御史（從一品），後被明珠排擠，外放到兩江（江南、江西）去當總督（正二品）。都察院有位御史，聽說長官要調，特來董府問候，剛落座就放聲大哭，一副難捨難分的樣子。董不禁為之感動，在座的旁人，則不免覺得有些奇怪。

這位御史老爺告辭了董，立刻又趕往阿附明珠新當上相國的余國柱府上去，進門一揖後便哈哈大笑。余問他為甚麼樂成這樣，他說：「董某某已經調走，您的眼中釘拔去了呀！」

此事在京城傳開，官場上的人都覺得此人太會變臉，太可怕了，結果他的官也沒能做久長。

念樓曰

選官若只憑上司意旨，做官若只為富貴功名，下屬勢必成為長官的跟班。《西廂記》中書僮對張生說的，「相公病了，我不敢不病呀」，此類台詞便不難聽到。而官場多變，又不得不隨時尋覓新門路，預找新後台。某御史大哭大笑，切換迅速，勝過了川劇的變臉，比《西廂記》書僮的表演更為精彩，所謂「當面輸心背面笑」者非耶？只可惜觀眾多了些，傳播開來，遂罹物議，若是關起門來單向長官一人哭或笑則妙矣。

《清史稿》說董訥「為政持大體，有惠於民」。余國柱則黨附明珠，「一時稱為余秦檜」。都御史職司監察，成為明珠一黨的眼中釘也理所當然。

性情中人

學其短

[嚴感遇]

嚴感遇，烏程人，少豪宕，舉止與俗異。嘗畜一白鵲，行止與俱。鵲死，哭之數日。老而貧，居山中窮僻處，忍飢賦詩。一日米盡，友人遺白金一餅，攜之市米，遇小漢玉器，輒買以歸，玩弄之，餓而僵仆，幾絕。

‖ 王士禛 ‖

◎ 本文錄自王士禛《池北偶談》卷十一。
◎ 王士禛，見頁一四〇注。
◎ 烏程，舊縣名，民國時併入吳興，今屬浙江湖州市。

念樓讀

嚴感遇是烏程地方的人，年輕時以豪爽出名。他的行為舉止，常人往往不能理解。比如說，他曾籠養過一隻白鵲子，總隨身帶着牠；後來鵲子死了，他竟哭了好幾天。

嚴感遇老來窮困，住在偏僻山村，餓着肚子還在作詩。有一回，友人見他斷了炊，送他一塊銀子去買米。他到市上，見到心愛的小玉器，便不買米了，將小玉器買回來摩弄不已，直到餓得倒臥在地上。

念樓曰

張宗子說，人無癖不可與交，以其無深情；人無疵不可與交，以其無真氣。像嚴感遇這樣的人，應該是有深情又有真氣的了。

有深情，有真氣，便是真正的性情中人，可惜的只是嚴君太窮了。本文中所寫到的這兩件事，養鵲鳥、玩玉器，如果發生在賈寶玉、杜少卿身上，都可以算得上是佳公子和真名士的「雅人深致」。他們不差錢，小玉器買得再多，亦不至於受餓。正因為如此，嚴君的名士氣就顯得更為真切。

古所謂書痴、石痴……今之愛收藏、集郵……如果動機全出於性情，行事不妨礙別個，亦可視之為嚴君一流。多幾個這樣的性情中人，便會少一點庸俗，少一點低級趣味，對於社會生活來說，真不是甚麼壞事。

不講排場

學其短

［戴金溪］

戴金溪生平簡而寡營，凡人事居處，皆適來而適應之。自刑部尚書假歸武林，大府宴之，天雨着屐往。終飲，羣官擁送，鼓吹啟戟門，呼公輿馬。公笑，索傘自執之，揚揚出門去。

‖ 易宗夔 ‖

◎ 本文錄自易宗夔《新世說》卷一，原無題。
◎ 易宗夔，見頁一九〇注。
◎ 戴金溪，名敦元，清浙江開化人。

念樓讀

戴金溪先生名敦元，他官做得大，卻生性淡泊，不喜歡繁文縟節，日常生活和交際應酬，都毫不講究，隨別人安排。他從刑部尚書任上請假回浙江，省城裏撫台設宴款待。正值下雨，他找雙木屐踏上，走着去赴宴。

宴會結束後，省裏全體官員排着隊送他，奏樂開中門，直喊戴大人的座轎跟馬。這些他全沒有，於是笑着擺擺手，從旁人手中要過一把雨傘，打開來，自己撐着，大踏步地出了門。

念樓曰

古時最講「禮」，而講禮必重繁文縟節，也就是講排場，這也是「禮儀之邦」的一項「傳統」。像戴敦元這樣的正部級大官，能夠如此不講排場，穿着木屐打起雨傘去參加省一把手為他舉行、省裏主要官員全都出席的盛大宴會，實屬罕見。

瞿兌之《人物風俗制度叢談》曾錄有戴氏故事，如：

由江西臬（台）升山西藩（台）……途次日以麪餅六枚作為三餐，不解衣，不下車，五更呼夫驅而行而已……獨行數千里，而車子館人初莫知其為新任藩司者……居京師，同僚非公不得見。部事畢，歸坐一室，家人為之設食飲，暮則置燭對書坐，倦而寢。

但他又決非書呆子，而是「於刑部例案最熟，無一事可以欺之，老胥滑吏見之束手」的精明能幹的長官，這就更為難得了。

送壽禮

◉**學**其短

[陸稼書]

陸稼書令嘉定時，蘇撫慕天顏生辰慶祝，羣吏爭獻納珍物。公獨於袖中出布一匹，屨二雙，曰：「此非取諸民者，謹為公壽。」天顏笑卻之，卒以微罪劾罷其官。

▎易宗夔▎

◎ 本文錄自易宗夔《新世說》卷三，原無題。
◎ 易宗夔，見頁一九〇注。
◎ 陸稼書，名隴其，清平湖（今屬浙江）人。
◎ 慕天顏，字拱極，清靜寧（今屬甘肅）人。

念樓讀

陸隴其在江蘇任嘉定縣令時，省裏的撫台慕天顏做生日，州縣官員爭着送禮。別的人送的珍奇異物，都是用貪污舞弊的錢購買的，陸隴其卻只隨身帶去一匹家織的布，兩雙家製的鞋，說：

「這不是從老百姓那裏搜括來的，才敢作為禮物送上，請大人笑納。」

慕天顏聽了陸隴其的話，心裏當然不高興，更看不起這一匹布兩雙鞋，冷笑着辭謝不收，隨後便找個藉口，將陸隴其的縣令官職撤掉了。

念樓曰

據說如今送禮之風愈來愈盛，一位鎮長（這在陸隴其時代屬於保正總甲之流，根本算不得官）做生（或為父母做生），收禮金可高達十幾萬，擺壽席可多達百餘桌，媒體常有報道。地位高於鄉鎮長者的，在省、市報紙上，倒反而少見。

從送禮者和受禮者的表情動作中，也看得出官場上複雜微妙的關係來。陸隴其書生本色，心裏是老大不願意給撫台大人送禮的，但「羣吏爭獻」的風氣迫使他不得不送。於是故意「出布一匹屨二雙」，說幾句帶諷刺的話。慕天顏聽得懂陸隴其話裏的話，「笑卻之」，很可能還會打幾句冠冕堂皇的「不受禮」之類的官腔，但終於還是賞罰兌現，「以微罪劾罷」了陸隴其的官。

記社會十三篇

市井無賴

學其短

[蜀市人趙高]

李夷簡元和末在蜀。蜀市人趙高好鬥，常入獄。滿背鏤毗沙門天王，吏欲杖背，見之輒止，恃此轉為坊市患害。左右言於李，李大怒，擒就廳前，索新造筋棒，頭徑三寸，叱杖子打天王，盡則已，數三十餘不絕。經旬日，袒衣而歷門叫呼，乞修理功德錢。

‖ 段成式 ‖

◎ 本文錄自段成式《酉陽雜俎》卷八。
◎ 段成式，字柯古，唐臨淄（今山東淄博）人。
◎ 李夷簡，唐元和時為劍南（今屬四川）節度使。
◎ 元和，唐憲宗年號（八〇六 — 八二〇）。
◎ 毗沙門天王，佛教四天王之一，又名多聞天王。
◎ 功德錢，施捨給佛事或佛教徒的錢。

念樓讀

唐憲宗時，李夷簡在成都做官。那時成都城裏有個無賴叫趙高，專門打架鬥毆，橫行市上。他在自己背上刺滿天王菩薩的像，每次犯法被捕要鞭背，執行的人不敢打天王菩薩，便不鞭打他了。趙高因此有恃無恐，成了街市上一霸，居民拿他毫無辦法。

李夷簡聽說此事，勃然大怒，立刻下令拘捕趙高，拿來新做的三寸粗的大棒，喝令執法的人役：「打天王！打到看不見天王為止。」一共打了這個無賴三十多棒。

十多天後，趙高露出背部的棒傷，重新上街頭乞討。這時他不敢再恃強逞兇了，只喊：「老少爺們行行好，打發一點修補天王菩薩的功德錢！」

念樓曰

流氓無賴作為社會上的異類，是和城市的成長史一道發生發展起來的。歷代筆記雜書中關於流氓無賴的記述，既能幫助人們了解過去各個時期的社會百態，又是研究城市史的好材料，值得重視。

成都這個姓趙的無賴，背部被打得稀爛，十多天後又上街乞討，袒露棒傷，「叫呼乞修功德錢」。貼肉粘住天王菩薩不肯放，其「打不倒」的流氓精神，恐怕只有「文化大革命」中將毛主席像章別在胸脯上的「闖將」差堪繼武，真算得是市井無賴的老前輩了。

樂工學畫

學其短

［營丘伶人］

翟院深，營丘伶人，師李成山水，頗得其體。一日，府宴張樂，院深擊鼓為節，忽停撾仰望，鼓聲不續，左右驚愕。太守召問之，對曰：「適樂作次，有孤雲橫飛，淡佇可愛。意欲圖寫，凝思久之，不知鼓聲之失節也。」太守笑而釋之。

‖ 王辟之 ‖

◎ 本文錄自王辟之《澠水燕談錄》卷七，原無題。
◎ 王辟之，字聖塗，北宋臨淄（今屬山東）人。
◎ 營丘，古邑名。
◎ 李成，五代宋初畫家。

念樓讀

翟院深是營丘地方的一位樂工，能指揮演奏，卻極愛繪畫，業餘學習山水畫大師李成的技法（尤其是著名的「捲雲皴」），很有成績。

某一天，太守府中舉行宴會，樂隊在堂下演奏，由翟院深用鼓點指揮。演奏到高潮時，鼓音倏停，音樂中斷，滿座愕然。太守問何故停奏，翟院深答道：

「剛才天光突變，我朝空中一瞥，見有朵雲匆匆飛過。那雲的姿態飄逸捲舒，十分美麗。我想着怎樣將它畫下來，不知不覺手就停了。」

太守為之一笑，並沒有責備他。

念樓曰

從樂隊指揮來說，心想別事，手停不動，是絕無僅有的失誤。但從學畫一心要捕捉形象來說，又是絕無僅有的典型。翟氏隨時隨地不忘作畫，痴迷到如此程度，已逾越正常人的界限，達到了張岱所說的「癖」或「疵」的程度，帶幾分病態了。

按照張岱的說法，深情則成癖，真氣則成疵。這兩個字屬於「疾病部」（疒），外國的梵高、中國的徐渭庶幾近之，都是偉大的藝術家。普通人自然不敢高攀他們，哪怕有時也不很甘心做螺絲釘做一世。不過如果要學文藝，搞創作，「癖」與「疵」雖不必有，更不能故意去學，深情和真氣卻還是必要的。

琴 師

學其短

[黃振以琴被遇]

琴師黃震，後易名振，以琴召入，思陵悅
其音，命待詔御前，日給以黃金一兩。後
黃教子乃以他藝。入，詔以：「爾子不足
進於琴耶？」黃唶然歎曰：「幾年幾世，又
遇這一個官家。」黃死，遂絕弦云。

‖ 葉紹翁 ‖

◎ 本文錄自葉紹翁《四朝聞見錄》乙集。
◎ 葉紹翁，字嗣宗，南宋龍泉（今屬浙江）人。
◎ 思陵，此處指宋高宗，其死後葬於紹興永思陵。

念樓讀

琴師黃振技藝高超，深為南宋高宗皇帝賞識，常常被召到御前演奏，每次得賞一兩黃金。可是，當黃振的兒子開始學藝時，黃振卻不讓他學琴。

「你的兒子沒有學琴的資質麼？」皇上問道。

黃振聽了以後，深深歎了一口氣，回答道：「要何年何月，幾生幾世，才能遇到萬歲爺這樣的知音啊！」

果然，黃振死後，他的彈奏便成為絕響了。

念樓曰

真正的藝術大師，從來很少將藝術傳授給自己的兒子。這話也可以換一個說法：真正的藝術大師，從來很少由世襲或遺傳成功，因為這百分之百要靠自己，不能靠爸爸。

黃振寧願「絕弦」也不讓兒子學琴，他回答宋高宗的幾句話說得委婉，也很得體，但有可能是託詞。俗話說伴君如伴虎，專制君主尤其是患有迫害症、被迫害妄想症的，對於其「身邊工作人員」，愛則拔之於九天，惡則沉之於九淵，文藝侍從和政治祕書，幾乎沒有一個有好結果。黃振寧可不要兒子繼續賺這一兩黃金，未必不是出於害怕。

當然也還有另一種可能，就是黃振和魯迅一樣「知子莫若父」，知道兒子「不是吃菜的蟲」，如果硬要他學琴，那就只能成為「空頭琴學家」，所以打了退堂鼓。

一連三個

學其短

［莫賀莫賀］

正德中，吏部三尚書，張彩坐瑾黨死，
陸完坐宸濠黨，王晉溪坐奸黨亂政，皆論
死，減謫戍。石文隱公代晉溪，有匿名
書帖吏部門云：「莫做莫做，莫賀莫賀。
十五年間，一連三個。」

| 鄭曉 |

◎ 本文錄自鄭曉《今言》卷之二，原無題。
◎ 鄭曉，字窒甫，明海鹽人。
◎ 正德，明武宗年號（一五〇六 — 一五二一）。
◎ 張彩，明安定（今屬陝西）人，瘐死獄中，仍棄市。
◎ 陸完，明長洲（今蘇州）人，後謫戍靖海衛。
◎ 王晉溪，名瓊，字德華，明太原人。
◎ 石文隱公，名寶，字邦彥，明藁城（今屬山西）人。

念樓讀

正德年間的三任吏部尚書，張彩因「劉瑾一黨」被處死，陸完因「宸濠一黨」、王瓊因「奸黨亂政」先被判死刑後被改充軍，都沒有好結果。

王瓊獲罪，石寶接任吏部尚書時，社會上有人寫下了這樣一張匿名帖子：

莫做莫做，莫賀莫賀；十五年間，一連三個。

將它貼在吏部衙門的大門口。

念樓曰

政治不清明，言論不自由，匿名帖子、順口溜、無頭信息這類東西便會多多出現（如今大約多半轉移到了互聯網上吧）。我感興趣的是，上面這張帖子到底是誰貼到吏部衙門大門口去的？

誰貼的呢？跟石寶爭尚書位子沒爭到的人，吏部衙門裏不歡迎他的人，自然都有可能，但我想最可能的恐怕還是愛管點閒事、想出口烏氣的小小老百姓，而正在讀書準備應考的士子們多半不敢。

本來嘛，在個人獨裁的專制體制下，就是做到了六部之首的「大冢宰」，也還是要看「一人」的臉色充當小媳婦，不幸捲入了政爭，不僅隨時可「下」，而且可被殺或充軍，「一連三個」只怕還不止。而官癮大的卻總是不怕充軍不怕死，還是一個一個爭着來做這個尚書。老百姓看不下去了，於是來這麼一下，可謂之民間諷刺，亦可謂黑色幽默。

邊唱邊摘

［唱龍眼］

龍眼枝甚柔脆，熟時賃慣手登採，恐其恣啖，與約曰：「唱勿輟，輟則勿給值。」樹葉扶疏，人坐綠陰中，高低斷續，喝喝弗已，遠聽之，頗足娛耳。土人謂之唱龍眼。

‖ 周亮工 ‖

◎ 本文錄自周亮工《閩小紀》卷一。
◎ 周亮工，號櫟園，明清之際河南祥符（今開封）人。

念樓讀

龍眼樹的木質脆，枝條容易斷。龍眼熟了，果農得僱有經驗的工人上樹採摘。因為怕工人在樹上吃得太多，便立下一條規矩：上樹後必須不停地唱歌，不唱的便不給工錢。

每當採龍眼的時候，處處園中枝繁葉茂的果樹上，都有工人在邊唱邊摘果。歌聲高的高，低的低，匯成一部大合唱。遠處聽來，覺得十分悅耳。

這是龍眼熟時的一景，當地人把它叫作「唱龍眼」。

念樓曰

龍眼現在還是南方的主要水果之一，但「唱龍眼」的風俗卻似乎不再有人提起。

老百姓生產、生活中習以為常的事情，不大會有人來記錄它。過了幾十年幾百年，人們生產生活的方式變了，用具、建築之類的「硬件」還可能部分地遺存下來，成為考古研究的對象，風俗習慣這類「軟件」便消失得無影無蹤了。「唱龍眼」若非河南人周亮工到了福建，乍見以為新鮮，也不會寫到書裏。

五十多年前辦報紙，主張刊登一點記錄平凡事物的小文，被批為「妄圖轉移宣傳的大方向」。如今大帽子雖少了，但舉目仍然還是「大道理」居多，「學術名詞」也越來越看不懂了。

咬屁股

［車夫］

有車夫載重登坡，方極力時，一狼來嚙其臀。欲釋手，則貨敝身壓，忍痛推之。既上，則狼已齕片肉而去。乘其不能為力之際，竊嘗一臠，亦黠而可笑也。

‖ 蒲松齡 ‖

◎ 本文錄自蒲松齡《聊齋志異》卷十二。
◎ 蒲松齡，字留仙，清淄川（今山東淄博市淄川區）人。

念樓讀

有個車夫推一輛載重的車上坡，正當他用盡全身氣力往上推的時候，一匹狼覷準了這個機會，跑來咬他的屁股。

車夫被咬，十分疼痛，卻無法抵禦，更無法躲避，因為如果一鬆手，載重的車輛往後翻，車後的人必然性命難保。

等到車子推上坡，狼已經從車夫的屁股上咬下一塊血淋淋的肉，遠遠地跑開了。

此事說來好笑，卻可見狼的狡猾。

念樓曰

常說狗咬人不是新聞，人咬狗才是新聞。狼咬人比狗咬人罕見，亦具新聞價值；若以此刁鑽新奇的法子來咬人，更是特別的新聞。看來，即使事情不是發生在此時此刻，只要原來聞所未聞，對於「新」聽到的人來說，也就是新聞。

所以說，蒲松齡在豆棚瓜架下擺出茶煙，請過路人坐下來講的既是故事，也是新聞。他實在是採訪的老手，而敍事簡潔，不添加教訓，尤為可取。

古來講動物故事講得好的，常常給故事加上道德的教訓，最為我所討厭。其實故事的價值就只是好玩，如法國的《列那狐的故事》，可以給兒童也可以給成人帶來快樂，這就足夠了。新聞未必都有故事性，只有滿足人們求知慾的功能；何必見到吐出舌頭夾着尾巴的，便硬要給貼上甚麼「野心狼」之類的標籤耶。

太行山

學其短

［爭山名］

甲乙二人同遊太行山。甲曰：「本大行，何得曰太行？」乙曰：「本太行，如何稱大行？」共決於老者，老者可甲而否乙。甲去，乙詢云：「奈何翁亦顛倒若是？」答曰：「人有爭氣者，不可與辯。今其人妄謂己是，不屑證明是非，有爭氣矣。吾不與辯者，使其終身不知有太行山也。」

‖金埴‖

◎ 本文錄自金埴《不下帶編》卷二，原無題。
◎ 金埴，字苑孫，清浙江山陰（今紹興）人。
◎ 太行山，在河北、山西兩省之間。

念樓讀

甲乙二人同去遊太行山，見到山名碑。甲道：「碑上明明是大行（xíng），怎麼卻叫太行（háng）？」乙道：「本來是太行（háng），如何能叫大行（xíng）？」

二人爭執不下，去問一位老人，老人說甲對。甲走開以後，乙責怪老人不該顛倒是非。老人道：「偏執負氣的人，不必同他爭辯。這就是一個偏執負氣的人，總以為自己絕對正確，同他爭辯，他生起氣來，更聽不進真話了。既然如此，我看就讓他一世不曉得有座太行山好啦！」

念樓曰

漢字本來有多音多義的，比如我們可以說「聽了這場音樂（yuè）會，我很快樂（lè）」，而不能說「聽了這場音樂（lè）會，我很快樂（yuè）」。

拿「大行」二字來說，「大」可以讀「dà」（大小），又可讀「dài」（大夫），又可讀「tài」（大極）；「行」可以讀「xíng」（進行），又可讀「xìng」（品行），又可讀「háng」（銀行）。這在口頭上誰都分得清，寫成字卻未免夾纏，不然的話，外國人怎會說漢字難學。

古文「大」「太」不分，太行山的讀音專家也有過討論，但約定俗成早都叫「太行（háng）山」了。甲一定要說該叫「大行（xíng）山」，那也奈何他不得。如果他有「一言而為天下法」的地位，像「文革」時那樣，說劉少奇是「叛徒、內奸、工賊」，誰還敢說不是。只能讓他「終身不知有太行山」，一直到死，死了再來改吧。

三十年河西

學其短

［尚書孫］

雲間某相國之孫，乞米於人，歸途無力自負，覓一市傭負之，嗔其行遲，曰：「吾相門之子，不能肩負，固也。汝傭也，胡亦不能行？」對曰：「吾亦某尚書孫也。」此語聞之董蒼水。

‖ 趙翼 ‖

◎ 本文錄自趙翼《簷曝雜記》卷五，原無題。
◎ 趙翼，號甌北，清江蘇陽湖（今常州）人。
◎ 雲間，今上海松江區。

念樓讀

松江有戶宰相人家，第三代家道便中落了，孫少爺竟到了向人求乞的地步。某次在外面乞得米，自己搬不動，只好在市上叫個攬零活的苦力來背，嫌他走得慢，問他道：

「我是相府子弟，下不得力也難怪；你是賣勞動力的，為甚麼背點東西便走不動？」

那苦力氣喘吁吁地答道：「我家爺爺也是位尚書大人啊。」

這件事是董蒼水親口告訴我的。

念樓曰

相國等於內閣總理大臣，尚書則是正部長，第三代居然一寒至此。趙翼為乾嘉時人，上溯三代是康熙朝，可見承平時也有這樣的事。中國古代社會號稱「超穩定」，其實還是有變化的。尚書的孫子可能成苦力，則苦力的孫子也可能成尚書。所謂「三十年河東三十年河西」，三十年本來就是一世也。

如果河東永遠是河東，河西永遠是河西，秦一世之後永遠是秦×世，洪水齊天，就會沖毀這個世界來重造了。

相國和尚書不會不顧惜子孫，留下的財富肯定不止幾千幾萬袋米，卻終歸無用。如今世界上還有把財富連同委員長、司令官的職位都傳給子孫的，我想最終也會從河東傳到河西去的。

愉快的事

學其短

［十愛］

月

秋日

聞遠笛

不速之客

花開值佳節

四圍新綠周密

煙波細雨橫舟楫

燈火迷離笙歌不絕

故友談心言語多真率

結伴離家任我山川浪跡

‖ 張藎 ‖

◎ 本文錄自張藎《仿園清語》。

◎ 張藎，字晉濤，清新安（今安徽歙縣）人。

念樓讀

　　　　　　　海上月明

　　　　　　　九月的晴空

　　　　　　遠處聽人吹笛

　　　　　　意外到來的知音

　　　　　風和日麗百花齊放

　　　　綠陰深處人坐臥其中

　　　細雨微風中船輕輕靠岸

　　燈光轉暗音樂聽來更輕鬆

　老友暢談推心置腹毫無拘束

邀二三知己隨心所欲出外旅行

念樓曰

　　這是一首「寶塔詩」。創自唐朝白居易的「一至七字詩」，後來成為一種文字遊戲，多用於諧謔，但也有寫得比較雅致的，像張蓋的這一首《十愛》和後面的《十憎》。譯文卻未能做到「一至十字」，寫成「四至十三字」，不是尖尖的寶塔，而是平頂的瑪雅人金字塔了。

　　「愉快的事」係借用日本古典名作《枕草子》中的題目，《枕草子》中「愉快的事」，如「小船下行的模樣」「牙齒上的黑漿很好地染上了」之類，和《十愛》中的「花開值佳節」「四圍新綠周密」可以相比，都反映了當時的文人趣味和仕女生活，是當時的一種社會相。

討厭的事

［十憎］

泥

勢利

市井氣

自誇技藝

碌碌全無濟

夜深好點雜戲

難事說得太容易

粗知風水頻遷祖地

無所不為向人談道義

事急非常故作有意無意

‖ 張蓋 ‖

◎ 本文錄自張蓋《仿園清語》。
◎ 張蓋，見頁二三八注。

念樓讀

教條主義

狗追財主屁

算盤精得來兮

佔便宜假裝無意

救災扶貧專送舊衣

半夜三更高唱樣板戲

打贏帝國主義絕無問題

公寓樓的隔牆剛改又重砌

看完黃色錄像後說兒童不宜

二奶處歸來五講四美宣揚正氣

念樓曰

《十愛》可以逐句對譯,《十憎》的「夜深好點雜戲」和「粗知風水頻遷祖地」,不了解明清時社會生活的年輕人,卻未必懂得其如何會「討厭」,所以只能「大寫意」式地擬作了。

原文第一句「泥」按去聲讀 nì,它不是「泥土」之泥,而是「致遠恐泥」之泥,即古板固執的意思。

教條主義者正心誠意宣傳「凡是」,說他「泥」,但在我看來,其可憎亦不亞於「二奶處歸來五講四美宣揚正氣」也。

李義山《義山雜纂》「煞風景」十二事中的「松下喝道」「苔上鋪席」「斫卻垂楊」「花下曬褌」等,「惡模樣」十事中的「對丈人丈母唱豔曲」「嚼殘魚肉歸盤上」等,這些即使到現在也應該說還是討厭的,雖然比它更討厭的事還多得很。

敬土地

學其短

［土地公公生日］

（二月）二日為土地神誕，俗稱土地公公，大小官廨皆有其祠。官府謁祭，吏胥奉香火者，各牲樂以酬。村農亦家戶壺漿以祝神釐，俗稱田公田婆。

‖ 顧祿 ‖

◎ 本文錄自顧祿《清嘉錄》卷二。
◎ 顧祿，見頁七二注。

念樓讀

二月初二是土地生日。大小衙門裏都有土地祠,供着土地公公。當日主官要親自去敬土地,佐雜人等還要吹吹打打,擺上牛、羊、豬三牲。鄉下人每家也得去田頭小廟裏奠酒,求個好年成,還給土地公公配上了婆婆,統稱「田公田婆」。

念樓曰

《清嘉錄》成書於清道光十年即一八三〇年,距今亦不過一百八十年左右。那時到處都有土地廟,城中「大小官廨皆有其祠」,鄉下也家家戶戶都要敬二月二,田公田婆隔不上一里半里總有一對。由此可見,中國人和土地的關係實在深廣,人們最古老的神便是「土地」,知識階層的意識形態亦植根於此。《池北偶談》云:

今吏部、禮部、翰林院土地祠,皆祀韓文公。

真可比作如今退休的部級幹部「親自」出任社區主任。

小時看《西遊記》,悟空不見了師父,「唸了一聲唵字咒語」,本處土地即刻前來跪稟告知,心想這倒十分方便。中國人一是離不開土地,二是總被人管着。土地神官不大,卻是無處不在管着人民的一切。人民需要他,統治者也需要他,故能歷千百年香火不斷。君不見,隨着村幹部的年輕化,如今鄉村中的田頭小廟也正在翻新重建,準備讓「新農民」都去敬土地麼。

妓女哭墳

［南下窪］

清明節，江南城隍廟開放。廟在虎坊橋之南，地名南下窪，其地多叢葬處，廟居其北，有戲台為賽神之所，然多年不聞有演戲之舉。是日上塚，以妓女為盛，多著素服，亦悼其同類意也。有痛哭欲絕者，但所弔者，或百年外之人，或數十年前者，絕不相識也。

‖崇彝‖

◎ 本文錄自崇彝《道咸以來朝野雜記》，原無題。
◎ 崇彝，蒙古族人，姓巴魯特，清末在戶部為官。

念樓讀

虎坊橋南邊有座「江南城隍廟」，廟南是一片亂葬的窪地，喚作「南下窪」。此處十分冷落，廟裏的戲台也多年沒演過戲了。清明時候，亂葬處有人上墳，這座廟才開放。

上墳人以妓女居多，都換上白衣裳，來祭亂葬在窪地裏的妓女，也是物傷其類的意思。有的妓女在墳前哭了很久，很傷心。其實墳中之人，有的已死去幾十年，甚至上百年，和來上墳的人根本沒有見過面。

念樓曰

南下窪叢葬處的祭弔，哭者與逝者並不相識，那麼哭者所哭的，便只是一個和自己同樣孤苦伶仃的妓女罷了。

哭了很久，很傷心，因為她所哭的，不僅是那個幾十年、上百年前死去的同類，也包括了如今還在做妓女的自身。

小時讀《瘞旅文》，讀到「吾與爾猶彼也」這句，有時竟不禁淒然淚下。這種「物傷其類」的感情，才是最普遍、最真切的感情，也是最偉大的感情，主體和客體是誰都沒有關係，反正都是同類，都是人。

以今視昔，還該看到的是：那時的妓女都是弱者，生前哀樂由人，死後只能葬南下窪；如今做妓女則是致富的手段，有些「高級的」甚至能進入「上層」，據說還有當上了開發區新聞出版局局長的，當然是不會再去哭墳的了。

吃瓦片

學其短

[貴旗免問]

京人買房宅取租以為食者，謂之吃瓦片；
販書畫碑帖者，謂之吃軟片。向日租房招
帖，必附其下曰：貴旗貴教貴天津免問。
蓋當時津人在京者，猶不若近時之高尚，
而旗籍、回教，則人多有畏之者。

| 夏仁虎 |

◎ 本文錄自夏仁虎《舊京瑣記》卷一，原無題。
◎ 夏仁虎，清末南京人，二十世紀五十年代為中央文史館館員。

念樓讀

北京人把靠房租維持生活叫作「吃瓦片」，又把販賣書畫碑帖牟利叫作「吃軟片」（注意勿與今所謂「吃軟飯」混為一談）。

要「吃瓦片」，總得先貼出小廣告。從前這些小廣告，和現在的「謝絕中介」一樣，也總要附上一行字：

貴旗貴教貴天津免問。

「貴旗」指「八旗」，即滿族人，「貴教」指伊斯蘭教，這看得出民族和宗教上的歧視，多少有點怕惹不起的意思，當然不對。「貴天津」也請「免問」，則因為早期到北京來的天津人，從事的職業和社會地位都比較低下，明顯是看他們不起了。

念樓日

《舊京瑣記》的作者夏仁虎（枝巢子），清末民初久宦北京，對這裏的社會情形十分熟悉，所記多有可觀，如此節敍述所透露的旗（滿）漢關係。

清朝的皇帝是滿族人，八旗中的王公貴族都有「賜第」，不會要租房子；最下的旗丁照樣有「鐵桿莊稼」一份錢糧，也付得起房租。請「貴旗免問」，恐怕的確如夏仁虎所言，是出於「畏」。平頭百姓不敢和帶特權色彩的人打交道，應該說是實情。不過，在旗人「領導」下還容得漢人貼這樣的小廣告，可見愛新覺羅的統治，比起希特勒、斯大林他們來，還是寬鬆得多。

記言語十一篇

點上蠟燭

⊛ **學**其短

[平公問師曠]

晉平公問於師曠曰：「吾年七十，欲學恐
已暮矣。」師曠曰：「何不炳燭乎？」平公
曰：「安有為人臣而戲其君乎？」師曠曰：
「盲臣安敢戲其君乎？臣聞之，少而好學，
如日出之陽；壯而好學，如日中之光；老
而好學，如炳燭之明。炳燭之明，孰與昧
行乎？」公曰：「善哉。」

‖ 劉向 ‖

◎ 本文錄自劉向《說苑・建本》，原無題。
◎ 劉向，見頁一六六注。
◎ 晉平公，晉國君主，公元前五五七年至前五三二年在位。
◎ 師曠，春秋時晉國的樂師，盲人。

念樓讀

晉平公對他的樂師師曠道：「我年已七十，想學習恐怕已經晚了。」

「那就點上蠟燭吧。」

「開甚麼玩笑！這是臣子對主公說的話嗎？」

「我瞎着一雙眼睛，怎敢和主公開玩笑呢！我聽說過，少年用功學習，那就像初升的太陽；壯年用功學習，那就像高照的日光；老年還能學習，那就像燭焰將黑夜照亮。有支蠟燭點亮，總比摸黑走夜路好吧。」

「對，說得好。」晉平公終於高興了。

念樓曰

我們說「晉平公的樂師師曠」，其實是不對的，因為「師曠」的意思就是「樂師曠」，他的本名只叫「曠」。

古代的樂師，都是為君主和宗廟服務的，而宗廟亦即是君王。君王對臣民總不會放心，樂師常在身邊，更不放心，於是常常選擇盲人（或者將人弄瞎，如秦王之對高漸離）來充當。師曠據說「生而無目」，沒有受過高漸離那樣的痛苦，也許因為如此，他才會對晉平公說這樣的話。

師曠的這番話確實說得好，不僅說了學習對人生的意義，用日出、日中和炳燭分別比喻少年、中年和老年也非常貼切，對老人更是一種鼓勵。我早已年過七十，「昧行」了好幾十年，如今真該炳燭，再不能摸黑了。

答得好

學 其短

[法暢答庾公]

康法暢造庾公，捉麈尾至佳。公曰：「麈尾過麗，何以得在？」答曰：「廉者不求，貪者不與，故得在耳。」

‖ 裴啟 ‖

◎ 本文錄自裴啟《語林》輯本，原無題。
◎ 裴啟，見頁一九六注。
◎ 康法暢，東晉時從康（居）國來的和尚，名法暢。
◎ 庾公，名亮，字元規，東晉鄢陵（今屬河南）人。

念樓讀

法暢和尚去見庾太尉。太尉見法暢手裏拿着的拂塵是件好東西，便問道：「這支拂塵太精美了，你一天到晚拿在手裏，見到的人難免不打主意，怎麼能夠留得住呢？」

「廉潔的人不會開口向我要，貪心的人我不會給他，怎麼留不住呢？」法暢和尚這樣回答。

念樓曰

好東西難留住，尤其是被有特權者看上了的好東西。「一捧雪」的故事，看京劇的人都知道，就是因為一隻玉杯被人看上了不肯獻出，害得莫成替死，雪豔身殉。清咸豐時官至侍郎的兩兄弟鍾翔和寶清（姓伊刺里），都是滿族高官，鍾家有太湖石，寶家有匹好馬，被權相穆彰阿看上了，捨不得相送，結果鍾翔被派往烏什（新疆西境），寶清被派往西藏，都久不調回，這是我從《道咸以來朝野雜記》中看到的。

在東晉時，庾亮也是位高權重的人物。康法暢卻是個外國和尚，答庾亮卻真的答得好：「廉者不求」，太尉您自然是廉潔的大清官，總不會開口問我要吧；「貪者不與」，貪心的人雖然也有，出家人無所求無所畏，我也不會給他呀。

麈尾、拂塵，早已成為書面詞語，到底是甚麼樣子的東西，我也說不明白，總不會是戲劇裏頭太監拿在手裏的那玩意吧。

手足情深

學其短

［言為姊作粥］

英公雖貴為僕射，其姊病必親為粥。釜燃，
輒焚其鬚。姊曰：「僕妾多矣，何為自苦如
此？」勣曰：「豈為無人耶？顧今姊年老，
勣亦年老，雖欲久為姊粥，復可得乎？」

‖ 劉餗 ‖

◎ 本文錄自劉餗《隋唐嘉話》上卷，原無題。
◎ 劉餗，見頁一七〇注。
◎ 英公，見頁二〇〇注。
◎ 僕射，古官名，在唐代相當於宰相。

⬤念樓讀

李勣封英國公，位居宰相，爵位官位都很高，可是姐姐病了，他還親自為她熬粥。

這時他的年紀已經很大，鬍鬚長得長，熬粥時得低頭看鍋下的火，好幾次鬍鬚都被火引燃。姐姐勸他別幹了，說：

「男女用人多的是，何必自己動手吶。」

「難道是沒人動手我才做的嗎？」李勣道：「我是看見姐姐你年紀老了，我自己也老了，就是想長久給姐姐你熬粥，只怕也很難了啊！」

⬤念樓曰

李勣對老姐姐講的話，充滿了手足之間的深情。這種親情，想必仍會在人間存在。但如今身居高位，自己鬍子一大把的老同志，能叫「僕妾」為年老生病的姐姐熬稀飯，只怕已經十分難得，親自動手則絕無可能。「身邊工作人員」也不會同意首長這麼做的，即使首長自己有這份心。

前幾十年革命反封建，反掉了地主、把頭，但是違背倫理溫情，提倡鬥爭哲學，於是「六親不認」，和諧無望。三年困難時期，一家人各按糧食定量蒸缽子飯，兄弟姊妹總要爭水放得多飯蒸得滿的缽子，那時更難得有「為姊作粥」的了。

我不會死了

學其短

[笑對諧謔]

裴玄本好諧謔，為戶部郎中時，左僕射房玄齡疾甚，省郎將問疾。玄本戲曰：「僕射病可，須問之；既甚矣，何須問也？」有泄其言者。既而隨例候玄齡，玄齡笑曰：「裴郎中來，玄齡不死矣。」

‖ 劉肅 ‖

◎ 本文錄自劉肅《大唐新語》，原無題。
◎ 劉肅，唐人，元和時在江都、潯陽等地做官。
◎ 房玄齡，唐初良相，臨淄（今山東淄博市臨淄區北）人。

念樓讀

戶部郎中裴玄本，一貫喜歡講俏皮話。有次左丞相房玄齡生病，說是病得不輕，部裏的同事們商量去看望。裴玄本又開玩笑道：

「病人若是會好呢，當然得去看望；若是已經病危，那又何必去看呢。」

這話很快傳到了房玄齡那裏。但裴玄本還是和同事一道，去看望了房玄齡。房玄齡見到裴玄本，便笑着對他道：

「裴郎中也來看我，大約我不會死了。」

念樓曰

「好諧謔」是一種性格，應該說這種性格還是很受歡迎的，因為能活躍氛圍，促進和諧。但在人們關係緊張時，諧謔若被「上綱上線」，亦往往造成嚴重的後果，因為獨裁者是不大能夠容忍幽默的，金聖歎被殺即是一例。

裴玄本在上司病時「戲曰」，雖不適宜，但傳話的人若是為了討好領導，或是為了構陷同事，用心就很不光明，十分卑鄙了。這種卑鄙小人隨時隨地都有，我亦「好諧謔」者，一生中便遇見過好幾個這樣的卑鄙者。這次「碰鬼」的是裴君，幸而房玄齡大人大度，知道他不過是「戲言」，於是也用一句「戲言」收場。彼此一笑，這邊表示不在乎，那邊也就無所謂了。

由此可見，好諧謔亦須看對象，玩笑只能跟開得起玩笑的人開。

説 蟹

⬤學其短

［一蟹不如一蟹］

陶穀以翰林學士奉使吳越，忠懿王宴之。因食螠蛑，詢其名類，忠懿命自螠蛑至蟛蜞，凡羅列十餘種以進。穀視之，笑謂忠懿曰：「此所謂一蟹不如一蟹也。」

‖王君玉‖

◎ 本文錄自王君玉《國老談苑》，原無題。
◎ 王君玉，見頁一八四注。
◎ 陶穀，字秀實，五代宋初時新平（今陝西彬縣）人。
◎ 忠懿王，即五代十國時吳越第三代國王錢俶。

念樓讀

陶穀在宋朝任翰林學士，奉命往吳越國宣慰。吳越王錢俶設宴款待，珍錯雜陳，有梭子蟹。陶穀是陝西人，不識海蟹，問是甚麼東西。錢俶便讓人從最大的梭子蟹到最小的招潮蟹逐一介紹，一共擺出了十多種。

陶穀見後，笑着對錢俶說：「爺爺這麼大，孫子這麼小，真是一代不如一代啊！」

念樓曰

「一蟹不如一蟹」後來成為成語，有譏笑一個比一個更差勁的意思。

署名蘇軾的《艾子雜說》中也有這句話，但多疑此書未必為蘇軾作，那麼也有可能是陶穀臨場發揮，用來暗諷錢俶的，一語雙關，可謂能言。明人陶宗儀纂《說郛》，第九十三卷選入《國老談苑》若干則，這句話寫成了「一代不如一代」，則嫌太露骨，奉使的大員似不會如此直白。

五代十國後皆統一於宋，此時吳越不敢與「中央」抗衡，卻仍想竭力保持半獨立的地位。錢俶擺出十幾種螃蟹給陶穀看，未必沒有顯示吳越物產富饒力量充足的意思。但錢俶畢竟是錢家的第三代了，武功遠不及他爺爺錢鏐，文治也比不上他爸爸錢元瓘。陶穀藉着看蟹的機會，「敲打」這位三世祖一下，也是給他一點顏色看看，正所謂折衝樽俎——筵席上的鬥爭。

披油衣吃糖

學其短

［滑稽］

紹聖中，有王毅者，文貞之孫，以滑稽得名。除知澤州，不滿其意，往別時宰章子厚。子厚曰：「澤州油衣甚佳。」良久又曰：「出餳極妙。」毅曰：「啟相公，待到後當終日坐地，披着油衣吃餳也。」子厚亦為之啟齒。毅之子，倫也。

‖ 王明清 ‖

◎ 本文錄自王明清《玉照新志》卷三，原無題。
◎ 王明清，南宋汝陰（今安徽阜陽）人。
◎ 紹聖，宋哲宗年號。
◎ 文貞，宋真宗時宰相王旦的謚號。
◎ 澤州，今山西晉城。
◎ 章子厚，名惇，宋哲宗時為宰相。
◎ 倫，指王倫，南宋時數次使金，後被金人殺害。

念樓讀

紹聖年間，有位叫王毅的官員，是王文貞公王旦的孫子，為人很是滑稽。

王毅被任命去澤州當知州，他很不滿意，卻又無可奈何。臨到上任時，他去向當時的宰相章惇辭行。章惇知道他心裏不高興，想把話題扯開，便對他說道：

「澤州的油布雨衣，聽說做得很好。」

王毅沒有答言，冷了許久的場，章惇只好又沒話找話地說：

「那裏的麥芽糖尤其有名。」

「謝謝領導對我的照顧，」這時王毅開口了，「看來我去到澤州，天天可以坐在那裏披着油布雨衣吃麥芽糖啦！」

章惇聽了，也忍不住笑了起來。

這位說滑稽話的王毅的兒子，便是宋室南渡後幾次使金，臨危不屈，為國捐軀的王倫。

念樓曰

王毅一肚子牢騷，但用滑稽的形式表現出來，就塗上了一層潤滑劑，自己能夠輕鬆地發泄，別人聽着也不太刺激。英國人說過，幽默是文明的副產品，這話說得真不錯。這須得王毅這樣見過世面又有文化的人，才說得恰好；章惇亦須有一點雅量，同他才開得起這樣的玩笑。若毫無人情味，只強調下級服從上級，則沒有搞笑的可能，只能公事公辦，毫無趣味。

救馬夫

● **學**其短

[晏子諷諫]

景公所愛馬暴死，公怒，令刀解養馬者。晏子請數之，曰：「爾有罪三：公使汝養馬，汝殺之，當死罪一。又殺公之所愛馬，當死罪二。公以一馬之故殺人，百姓怨吾君，諸侯輕吾國，汝當死罪三。」景公喟然曰：「捨之。」

‖ 陶宗儀 ‖

◎ 本文錄自陶宗儀《說郛》卷二引《晏子春秋》，但已改寫，原無題。
◎ 陶宗儀，見頁一八八注。
◎ 晏子，名嬰，春秋時齊國的大夫。
◎ 景公，春秋時齊國的君主，公元前五四七年至前四九〇年在位。

念樓讀

齊景公有匹愛馬得急病死掉了，景公很是生氣，下令將馬夫肢解處死。晏子請求由他來宣佈罪狀，於是當眾對養馬人說道：

「你有三條大罪：

「派你養馬，你卻讓馬死掉了，這是第一條死罪。

「你不好好照顧主公的愛馬，這是第二條死罪。

「因為你，使得主公不得不為了一匹馬而殺人，使得百姓心中覺得主公殘暴不仁，使得列國諸侯都看不起我們齊國，這是第三條死罪。你真是該死，死定了。」

景公聽了，只好歎一口氣，說：「還是將其釋放算了吧。」

念樓曰

晏子本來善於辭令，本篇所記尤為出色。愛馬暴死，養馬者即使有罪，罪亦不至於死，更不至於要被肢解，這明明是齊景公在亂來。作為國之大臣，晏子不能不加以阻止，但景公正在氣頭上，正面攔阻未必攔得住，只能表面上順着他，實際上講反話給他聽，使他知道，如果「以一馬之故殺人」，不僅百姓會「怨」，別國也會看不起，然後使他自己轉彎。

晏子這樣說話，叫作諷諫，即以反諷的方式對在上者進行勸諫，往往能收到意外的效果。他有不少這樣的故事，都收在《晏子春秋》一書中，《說郛》此則亦輯自《晏子春秋》，不過經過改寫，文字簡潔多了。

人盡可夫

學其短

[格言]

「父一而已，人盡夫也」，此語雖得罪於名教，亦格言也。父子之恩，有生以來，不可移易者也。委禽從人，原無定主，不但夫擇婦，婦亦擇夫矣，謂之人盡夫亦可也。

‖ 謝肇淛 ‖

◎ 本文錄自謝肇淛《五雜組》卷之八，原無題。
◎ 謝肇淛，見頁六六注。
◎ 人盡夫也，語出《左傳》。

念樓讀

「父親只有一個，丈夫則凡是男人都做得的」。這句話初聽不免錯愕，細想起來，卻合情合理，並不出格。

父子關係是天生的，誰都只可能有一個生身父親。夫妻關係則是男女配合，女子接受求婚不會限定於一個對象，男女雙方都可以選擇。從這個意義上看，說每個男人都有可能當某個女人的丈夫，也沒有甚麼不對。

念樓曰

「人盡夫也，父一而已」，這句話出於《左傳》，乃是祭仲夫人講給她女兒聽的，教她在政治鬥爭中應該幫父親，不能幫丈夫。後來「人盡夫也」變為「人盡可夫」，用以形容濫交的女人了。二十世紀四十年代上海拍過一部以此為名的電影，主演白光便成了蕩婦淫娃的代表。

明末統治階級危機深重，因而社會思想比較活躍，謝肇淛才能發表他對女子從一而終的不同觀點，才能承認「人盡夫也」這句話有合理性，承認「不但夫擇婦，婦亦（可）擇夫」，現代的情形，正是如此。

「人盡可夫」本是客觀事實，被「名教」維護者歪曲成罵人的話，謝肇淛四百年前能為其正名，實屬難得。如今有些人在公開場合大罵女人「人盡可夫」，關上房門又唯恐別家的女人不肯「人盡可夫」，比起四百年前的謝先生來，真該掌嘴。

囊螢映雪

學其短

［名讀書］

車胤囊螢讀書，孫康映雪讀書。一日，康
往拜胤，不遇，問何往，門者曰：「出外捉
螢火蟲去了。」已而胤答拜康，見康閒立
庭中，問何不讀書，康曰：「我看今日這
天，不像個下雪的。」

‖ 浮白主人 ‖

◎ 本文錄自浮白主人《笑林》。
◎ 浮白主人，明人，餘未詳。
◎ 車胤，字武子，東晉南平（說今湖北公安）人。
◎ 孫康，西晉京兆（今西安）人。

念樓讀

車胤和孫康，歷來是用功讀書的模範。《晉書》說，車胤「夏月常囊螢以照書」。《尚友錄》說，孫康「於冬月嘗映雪讀書」。

某天孫去看車，說是不在家。問他的家人他到哪兒去了，家人回答道：「到野外捉螢火蟲去了。」

改日車胤來孫家回訪，只見孫呆呆地站立在門外抬頭望天。問他為甚麼沒讀書，回答道：「我看今日這天，不像個要下雪的樣子。」

念樓曰

《晉書·車胤傳》說車胤勤讀書：

家貧不常得油，夏月則練囊盛數十螢火以照書，以夜繼日焉……以寒素博學，知名於世。

《尚友錄》則說孫康：

少好學，家貧無油，於冬月嘗映雪讀書……後官御史大夫。

二人的模範事跡從晉朝宣傳到明朝，從來沒有人敢懷疑；直到浮白主人編出這個笑話來，大家看後或聽後才忍不住笑。可不是麼，大白天去捉螢火蟲，到夜裏再來用功，豈非荒唐。何況據寫《昆蟲記》的法布爾親自試驗，螢火蟲根本無法用於讀書，牠頂多只能照亮一個一個的字母罷了。抗戰時讀初中，熄燈後想看舊小說，趁大月光到雪地裏試過，卻實在無法看清字句，手腳更凍得不行，只能回寢室鑽進冷被窩做好學生。

人情冷暖

學其短

[釣叟慨言]

雪灘釣叟曰：「昔蘇季子云：『貧窮則父母
不子，富貴則親戚畏懼。』今世異是：富
貴則父母不子，貧窮則親戚畏懼。」此言
殊有感慨。

‖ 鈕琇 ‖

◎ 本文錄自鈕琇《觚賸》卷二。
◎ 鈕琇，字玉樵，清康熙時江蘇吳江人。
◎ 蘇季子，即蘇秦，戰國時東周洛陽人。

念樓讀

有人說，古時蘇秦講過這樣的話：「人一窮，父母不把他當兒孫；人一富，親戚見了他都畏懼」。從蘇秦本人的情形來看，也的確是這個樣子。但如今世道變了，變成「人一富，父母見了他就畏懼；人一窮，親戚見了他怕三分」了。

說這話的人，大概深有體會，才會這樣發感慨吧。

念樓曰

蘇秦是跑官要官的祖師爺。當他「說秦王書十上而說不行」，跑官不得回家時，「妻不下紝，嫂不為炊，父母不與言」。於是他懸樑刺股，刻苦鑽研，終於「揣摩成」了「說當世之君」的本事，當上了趙國的大官。之後他路過家鄉，「父母郊迎三十里，妻側目而視，側耳而聽，嫂蛇行匍伏，四拜自跪而謝」。這種前倨後恭的表現，才使蘇秦產生「貧窮則父母不子，富貴則親戚畏懼」的感慨。

蘇秦的話，讀過《古文觀止》的人都知道。「雪灘釣叟」（可能就是鈕琇本人吧）把它反過來一說，便刻畫出來了另一副社會醜態。兒女「一闊臉就變」，尤其是飛上了高枝的，父母見了他大氣都不敢出；下崗失業後到親戚朋友家去，也仍然會使人害怕，怕你開口借錢。這豈不就是「富貴則父母不子，貧賤則親戚畏懼」的現代版麼。

時代變了，社會也在變，人情冷暖、世態炎涼卻不會變。

讀常見書

學其短

[臨別贈言]

姚姬傳乞終養歸里，瀕行時，翁覃溪學士
來乞言。公曰：「諸君皆欲讀人間未見書，
某則願讀人間所常見書耳。」

‖易宗夔‖

◎本文錄自易宗夔《新世說》卷一，原無題。
◎易宗夔，見頁一九〇注。
◎姚姬傳，名鼐，清安徽桐城人。
◎翁覃溪，名方綱，清直隸大興（今北京）人。

● 念樓讀

姚鼐辭官回家，臨行時翁方綱去看他，請他留下幾句話。他說：

「愛讀書的朋友，總想讀大家沒有讀過的書；我卻以為，大家常讀的書就夠我讀的了。」

● 念樓曰

姚鼐是乾隆皇帝修《四庫全書》時候的人，姚本人也參加了此書的編修工作。那時候極少有外國書，人們的新作並不及時刊刻，刻出來也不能稱之為書。士大夫心目中的書不出「四庫」範圍，其中又只有儒家經典才是必須精讀的，其他則歸於雜學，釋老更是被視為異端。姚鼐說的「常見書」，指的便是公認的經典。

姚鼐距今已兩百多年了。隨着時代的發展，信息量在增加，知識需要更新，人們不讀新書（也就是「未見」過的書）已經不可能了。但是，作為公共知識分子，仍然得先讀懂基本的也就是常見的書。如果要研究人文或從事文字工作，那就還得先讀通文史哲方面的經典，這更是「人間所常見書」。

近年來在「著名作家」「文壇鉅子」身上出現過不少笑話，如將進入仕途稱為「致仕」，還要強辯說「文法上並不錯」；將黃庭堅的詩「江湖夜雨十年燈」，說成是自己「夢中所得句」……便是只熱心作「文化苦旅」，熱心講《紅樓夢》，少讀「人間所常見書」之故啊。

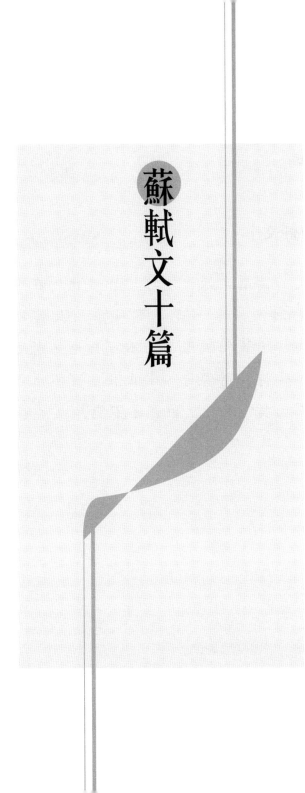

蘇軾文十篇

自己的文章

學其短

［自評文］

吾文如萬斛泉源，不擇地皆可出。在平地滔滔汩汩，雖一日千里無難。及其與山石曲折，隨物賦形，而不可知也。所可知者，常行於所當行，常止於不可不止，如是而已矣。其他，雖吾亦不能知也。

‖ 蘇軾 ‖

◎ 蘇軾文十篇，均據中華書局本《蘇軾文集》（下簡稱《文集》）選錄，本文錄自卷六十六。
◎ 蘇軾，字子瞻，號東坡居士，北宋眉州（今屬四川）人。

念樓讀

　　我自己的文章，像充蓄在地層中的大股泉水，隨便在哪裏開個口子，就會噴湧出來。在平曠之處，它自然會匯流成河，浩浩蕩蕩，一瀉千里。若遇到山崖石壁，它也能適應地形的變化而變化，無論有多少曲折險阻，終歸要達到自己的目的。

　　這種變化是不可預見，無法事先設定的。

　　還是拿水來做比方，我只知道，有源，泉水便會成流。流水是遏制不住的，該怎樣流便讓它怎樣流好了。

　　如果泉源乾涸，水也就斷流了，該打止時便得打止，文章也就不要再做了。

念樓曰

　　人們讚美蘇東坡的文章寫得好，有如行雲流水。行雲流水，任其自然，自然也就是「行於所當行」，「止於不可不止」。這是無須勉強，也來不得半點勉強的。

　　回想自己以前奉命寫東西，都是勉強的。後應邀為文，指定撰論，亦難免帶些勉強。就是自己想寫文章時，或因心情不佳，或因學殖荒落，也常感力不從心，如果還要寫，也就是勉強了。故而可稱為文者絕少，唯有慚愧。

　　蘇東坡這樣的文豪，幾百年難得一見，當然學不了。但他所說的，為文要自然，勿勉強，卻是現身說法，凡能執筆者皆當誠心領受。

讀陶詩

學其短

[書淵明詩]

余聞江州東林寺有陶淵明詩集，方欲遣
人求之，而李江州忽送一部遺予，字大紙
厚，甚可喜也。每體中不佳，輒取讀，不
過一篇，惟恐讀盡後無以自遣耳。

‖ 蘇軾 ‖

◎ 本文錄自《文集》卷六十七，原題《書淵明羲農去我久詩》。
「羲農去我久」，為陶淵明《飲酒二十首》第二十首的第一
句，通常即以此做篇名。
◎ 江州，今屬江西。

念樓讀

聽說江州東林寺裏有陶淵明的詩集，正準備打發人去找。恰好在江州做官的李君派人給我送來了一部，忙接過來，翻開一看，字大而悅目，紙張又厚實，不禁滿心歡喜。

自從得到了這部詩集，我就一直沒有離開過它。每當身心感到不舒服，便拿它來讀一首——絕不超過一首。生怕把它讀完，以後的日子就無法排遣了。

念樓曰

放在手邊，不時翻讀，但又克制着，一回只讀一首，僅僅一首，生怕這卷詩會很快讀完。此種情形，非飽經書的飢渴者恐難以體會到，更不是能憑空想像出來的。

常言道，「舊書不厭百回讀」。蘇軾對陶詩特別喜愛，從小便已熟讀。一回只讀一首，當然不是不讀第二遍。只是好書難得，愛惜至極，故寧願細細品嚐，多保持一點新鮮感。此蓋是書痴書淫的自白，未入道者不足語此。

《和陶詩一百二十首》，在《蘇東坡集續集》中，小引云：

> 吾於詩人無所甚好，獨好淵明之詩。淵明作詩不多，然其詩質而實綺，癯而實腴，自曹劉鮑謝李杜諸人，皆莫及也。

這可算是對陶詩的最高評價了。

不知現在還有沒有這樣的詩和這樣愛詩的人。

惜 別

學其短

[書別姜君]

元符己卯閏九月，瓊士姜君來儋耳，日與
予相從。至庚辰三月乃歸，無以贈行，書
柳子厚《飲酒》《讀書》二詩以見別意。子
歸，吾無以遣日，獨此二事，日相與往還
耳。二十一日書。

‖ 蘇軾 ‖

◎ 本文錄自《文集》卷六十七，原題《書柳子厚詩後》，據別本改。
◎ 己卯為元符二年（一〇九九），蘇軾謫居海南的第三年，時
　　六十二歲。
◎ 瓊士姜君，瓊州（治今海南海口瓊山區）秀才姜唐佐（君弼）。
◎ 儋耳，地在今海南儋州新州鎮。
◎ 柳宗元《飲酒》《讀書》二詩，見《柳河東集》卷四十三。

念樓讀

去年閏九月間,姜君從瓊州來到儋耳,從此幾乎每天都同我在一起。過了半年,已是今年三月,他也要回去了。臨行時,沒有東西給他帶去作紀念,便寫了柳宗元《飲酒》《讀書》這兩首詩相贈,聊以表示我的一點惜別之情。

是啊,讀書,飲酒。姜君走了以後,除了這兩件事情以外,恐怕再也沒有別的甚麼能夠使我打發這百無聊賴的日子了。

元符三年三月二十一日。

念樓曰

我沒有養過鳴蟲,聽說蟲兒在絕無同類可以聽到的情況下是不會鳴叫的,而且壽命也不會久長。蘇公平平常常的幾句話,讀後卻不禁有感,原來寂寞是能致命的啊。

被迫離開了京城,離開了文化中心,投荒萬里,來到如今語言還難通的海南島,蘇軾不知道會多麼寂寞。這時能夠來一位可以相對低鳴、彼此傾聽的同類,又不知道會多麼高興。三年之中,僅此半年,便要分手,想起以後仍只能讀書飲酒以銷寂寞,當然會惜別了。

海口五公祠,真正的主角是別殿中的蘇東坡。坐在旁邊的,一個是陪父親在海南的蘇過,一個便是這位「瓊士姜君」。雖然他只從瓊州到儋耳去住了半年,但給他這個座位也是應該的。

桃花作飯

[書張長史書法]

世人見古有見桃花悟道者，爭頌桃花，
便將桃花作飯吃，吃此飯五十年，轉沒交
涉。正如張長史見擔夫與公主爭路，而得
草書之法，欲學長史書，日就擔夫求之，
豈可得哉？

‖ 蘇軾 ‖

◎ 本文錄自《文集》卷六十九。
◎ 張長史，唐代大書法家張旭。

念樓讀

有位先生聽說，古時有人讚頌桃花，說全虧桃花給了他靈感，使他領悟了人生的哲理。這位先生也想要領悟人生哲理，便儘量去接觸桃花，甚至將桃花做在飯裏吃，一直吃了五十年桃花飯，靈感卻始終沒有出現。

這回見到張長史的書法，我又聯想起此事。據說張長史曾遇見一個挑夫，為了搶在公主出行的隊伍之前通過路口，挑夫顯出了矯捷的姿勢，張長史據此悟出了寫草字的訣竅。如果誰想要寫好字，便天天跟在挑夫後面等着瞧，難道便能瞧得出甚麼名堂來嗎？

念樓曰

志明禪師在溈山，因見桃花而悟道，有偈語云：

三十年來尋劍客，幾回落葉又抽枝。

自從一見桃花後，直至如今更不疑。

可見「桃花悟道」乃是實有的事，不過那是修行功夫具足，一見桃花，遽爾大徹大悟，桃花只是一個由頭罷了。「去年今日此門中」和「盡是劉郎去後栽」的桃花，也是抓的由頭。禪師參禪和文士作詩，道理全一樣，機緣和悟性都是沒法排隊等來的。

我輩凡夫，根器本差（「本質不好」），並無求道之心，無論甚麼大紅花都不豔羨，當然也就無從悟道，帶着一家雞犬升天更是休想。不過五十年一貫的桃花飯，倒也不曾吃過。

過 灘

學其短

[書舟中作字]

將至曲江，船上灘攲側，撐者百指，篙聲
石聲犖然，四顧皆濤瀨，士無人色，而吾
作字不少衰，何也？吾更變亦多矣。置筆
而起，終不能一事，孰與且作字乎？

‖ 蘇軾 ‖

◎ 本文錄自《文集》卷六十九。
◎ 曲江，在廣東韶關南部、北江上游。

念樓讀

快到曲江了，要過灘。這條逆水而行的船，被激流沖得歪歪斜斜的，全靠上十個船夫用竹篙撐着往前走。上十支篙的尖不斷地戳在江石上，發出硬碰硬的聲音。從艙中看過去，只見洶湧的江水和飛濺的浪沫。

船上的幾個乘客臉色都變了，我卻一直坐着寫我的字，不管四周如何喧鬧嘈雜，寫字的興致還是一樣高。

我一生經歷的風浪還少嗎？變動也經歷得夠多了。本來在寫字，此刻就是放下筆，駕船的事也插不上手，又能夠做甚麼呢？恐怕還不如繼續寫我的字吧。

念樓曰

看《冰海沉船》，對最後時刻還在堅持演奏的樂隊印象深刻，最佩服的卻是那獨坐玩紙牌的老頭。因為前者尚有光榮盡職的感情因素，後者則純係理智做出的判斷：大限已到，求生既已無望，便無須亂抓稻草，更不必呼天搶地求上帝保佑，或惡狠狠地詛咒仇家，說甚麼「一個也不寬恕」了。

我只坐過湖南的木船，過灘時水淺，出事通常只會打濕書籍衣物，最怕是耽誤時間。但在不大不小的風波中，也看得出人的風度修養。事已至此，索性由他，且修自己的勝業，或寫字，或作文，或喝茶閒談，都比瞎抓亂叫好。

黑不黑

學其短

[書墨]

余蓄墨數百挺，暇日輒出品試之，終無黑
者，其間不過一二可人意。以此知世間佳
物，自是難得。茶欲其白，墨欲其黑。方
求黑時嫌漆白，方求白時嫌雪黑。自是人
不會事也。

‖ 蘇軾 ‖

◎ 本文錄自《文集》卷七十。

念樓讀

我收藏的墨有好幾百錠，常常拿出來自己比着玩，看黑不黑。比來比去，總覺得它們都不夠黑，比較滿意的，不過一兩錠罷了。可見在這世上，盡善盡美的東西，真是少得很。

人的心思真怪，淨想着自己沒有的東西。買茶葉呢，毛尖、銀針，總要選白的，越白越好；買墨呢，那就要最黑的，越黑越好。想要黑時，漆一樣的也覺得不夠黑；想要白時，雪一般的也覺得不夠白。

究竟是事物本來的樣子無法使人滿意呢，還是人們自己不該有那麼多心思和想法呢？

念樓曰

東坡是用墨大家，也是藏墨和鑒賞墨的大家。其題跋中關於墨者達三十五篇，所藏名家手製佳墨亦多。別人出示之墨，他一見便能知為何人所作。在海南島他還自己製過「海南松煤東坡法墨」，據說品質與李廷珪製者不相上下，「足以了一世著書用」。本篇是他的經驗之談，且帶有一點常見的自諷。

人有夢想，這是人的弱點，但也是人之所以為人的一個原因。求黑時嫌漆白，求白時嫌雪黑，老是在追求着更真、更善、更美，這就是理想主義。在黑暗中的人，理想主義就是前方的一盞燈，再遙遠，再微弱，卻是它，而且只有它，才給了人力量和希望。

屠龍和踹豬

學其短

［書吳說筆］

筆若適士大夫意，則工書人不能用；若便
於工書者，則雖士大夫亦罕售矣。屠龍不
如履狶，豈獨筆哉！君謨所謂「藝益工而
人益困」，非虛語也。吳政已亡，其子說
頗得家法。

‖ 蘇軾 ‖

◎ 本文錄自《文集》卷七十。
◎ 履狶，用腳踹豬的腿脛，來驗視豬的強瘠和肥瘠。
◎ 君謨，姓蔡名襄，北宋四大書法家之一，極為蘇軾推重。

念樓讀

製筆者製造出來的筆，一般買筆者（都是文人學士）看了中意的，到真會寫字的人手裏都沒有用；會寫字的人覺得好用的，一般買筆者卻又不願意買。

莊子在寓言中說，有人花三年時間和千金費用，學會了屠龍之技，卻無處可施展；又說有人在豬市上幫屠夫踦豬，倒越幹越紅火。蔡君謨的話更明白：「本領越是高明，處境越是窮困。」製筆者的情形正是如此，又難道只有製筆者的情形是如此嗎？

高明的製筆者吳政是不在了，好在他還有一個兒子吳說，繼承了這門不行時的手藝。

念樓曰

屠龍不如踦豬（履豨），譯成大白話，就是拿解剖刀不如拿剃頭刀，製原子彈不如製茶葉蛋。這類情形，近年來在實用技術範圍內有了一些變化，但寫詩不如唱流行歌，著書不如寫通俗小說，大概仍是事實。

這個「不如」，若只是「朝錢看」，倒也沒啥。因為寫「簾捲西風」本不是為了錢，怎會跟「吹打彈唱伏侍普天下看官」的去比，這樣做豈不辱沒了自己。怕只怕衡文者將市場價值當成了唯一的標準，把靠「色藝雙絕」走紅的藝員捧成「高知」，把寫口吐飛劍的「作家」尊為教授，這就不是在搞文化，而是在踦豬了。

月下閒人

⚫**學**其短

［記承天夜遊］

元豐六年十一月十二日夜，解衣欲睡，月
色入戶，欣然起行。念無與為樂者，遂至
承天寺尋張懷民。懷民亦未寢，相與步於
中庭。庭下如積水空明，水中藻荇交橫，
蓋竹柏影也。何夜無月，何處無竹柏？但
少閒人如吾兩人者耳。

‖ 蘇軾 ‖

◎ 本文錄自《文集》卷七十一。
◎ 承天，寺名，在黃州（今湖北黃岡市）。
◎ 元豐六年（一〇八三），蘇軾四十六歲，被貶黃州已三年。
◎ 張懷民，蘇軾的友人。

念樓讀

十二日的晚上，我已經準備脫衣上牀了，見照進屋來的月光特別明亮，知道外邊夜色一定很好，便想出門走走。

叫誰和我一同去走呢？只有到附近的承天寺找張懷民。正好懷民也不想睡，兩人便在寺裏的空坪中散起步來。

此時已是深夜，月正當頭。月光灑在空地上，發出清冷的光，恰似一汪積水。水面上像水草縱橫交互的，原來是旁邊竹樹投下的影子。

哪個無雲的夜晚沒有皎潔的月光呢？哪處住人的地方沒有高大的竹樹呢？只不過不一定有懷民和我這樣半夜出門看月色的閒人罷了。

念樓日

小時讀《紅樓夢》，大觀園裏結詩社起別名，寶釵給寶玉起了個「富貴閒人」，覺得這真是「最俗的一個號」。滿十歲後，偶爾涉足社會，見某些場合的門上貼着「閒人免入」的紙條，很怕長大後成為閒人。進了中學，讀了新文學書，知道革命文學家反對有閒，說過「有閒即是有錢」，有錢即是資產階級。及至革命真的來到，天天叫大幹快上，只爭朝夕，更容不得閒人了。

元豐六年（一〇八三），蘇軾被貶到黃州已經三載，東坡上開的荒地早已成為熟土，他仍能半夜跑到月光下做閒人，其氣度真我輩「忙人」所不能及。

脫鈎

學其短

［記遊松風亭］

余嘗寓居惠州嘉祐寺，縱步松風亭下，足力疲乏，思欲就林止息。仰望亭宇，尚在木末，意謂如何得到。良久忽曰：「此間有甚麼歇不得處？」由是心若掛鈎之魚，忽得解脫。若人悟此，雖兩陣相接，鼓聲如雷霆，進則死敵，退則死法，當恁麼時，也不妨熟歇。

‖ 蘇軾 ‖

◎ 本文錄自《文集》卷七十一。
◎ 惠州（今屬廣東），蘇軾五十九歲起，謫居於此三年。
◎ 就林止息，林本作「牀」，據別本改。

● 念樓讀

我在惠州，曾寄居嘉祐寺，松風亭就在寺旁，而位置頗高。有次忽想上去看看，也許因為開頭腳步太快，沒走多遠腿腳就累了。只想快些到陰涼處歇息，抬頭一看，亭台還在樹尖子上哩，天呀，還要多久才走得到啊！

腿腳越累越覺得路長，越覺得路長腿腳就越累。又勉強走了一會兒，忽然大徹大悟：為甚麼一定要走到亭子裏才能歇息，難道在路邊就不能歇息嗎？於是一屁股坐了下來。剛才還像上了鈎的魚，不知如何是好，這一下就像魚脫開鈎，立刻輕快了。

我們一生都在走着，身子在走，心靈也在走，走得很累很累。看來，不能不歇的時候還是得歇一歇。無論在多麼嚴重的情況下，多麼危急的環境中，即使身子不允許歇息，人的心靈也不妨暫時脫開一下鈎子，享受一點自由。

● 念樓曰

原文「兩陣相接，鼓聲如雷霆，進則死敵，退則死法」這幾句，不大好譯。雖然過去聽說過督戰隊、執法隊甚麼的，又在銀幕上見過蘇聯紅軍要剛剛接過槍的「兵」向前衝鋒，後面確實架着機關鎗。但此類太慘酷的事情，不必信其有，寧可信其無罷。

東坡於此，不過極而言之。我想，他寫的「累」指的雖是腿腳，注意的卻是心靈。

知 慚 愧

學其短

［書臨皋亭］

東坡居士酒醉飯飽，倚於几上，白雲左繞，清江右洄，重門洞開，林巒岔入。當是時，若有思而無所思，以受萬物之備，慚愧慚愧。

‖ 蘇軾 ‖

◎ 本文錄自《文集》卷七十一。
◎ 臨皋亭在黃州。蘇軾被貶黃州後不久即居臨皋亭下，兩年多後移居東坡雪堂。

念樓讀

吃飽了，喝足了，往臨皋亭的凳子上一靠。從左邊窗子看出去，看得到高天上繚繞的白雲；從右邊望下去，看到的是從這裏宛轉流過的江水。把前邊的門戶統統打開，對面一大片青翠欲滴的山景，又呈現在我眼前⋯⋯

我為這裏景色之美深深地陶醉了。這時候，我的思想好像格外靈敏，卻又格外單純，單純到只剩下對創造出美的大自然的感激和對自己很少參加創造只知充分享受的慚愧。

念樓曰

我曾為屠格涅夫、吉辛、孟浩然、史悟岡筆下的景色所感動，覺得這要比紙上、布上的，甚至比視網膜上的，更能入心脾、奪情志。此不僅因為，他們的觀察比我細緻，他們的感覺比我靈敏，而且也因為，他們對大自然的理解和愛意，比我深刻、強烈得多。

這便是文學的力量，是文學家不同於我輩常人的地方。

蘇東坡在承天寺，還用了十幾個字寫景，在臨皋亭這裏則更少直接的描寫，只寫自己的感動和慚愧。美同樣感動過別的文學家，而且還間接地感動過我，但在「造物者之無盡藏」面前，能夠知慚愧如東坡者，卻似乎很少。

大自然給了人一切，包括人本身；人卻只在利用它，甚至侈言改造它。人啊！

陸游文十篇

岑參的詩

⬤學其短

［跋岑嘉州詩集］

予自少時，絕好岑嘉州詩。往在山中，每
醉歸，倚胡牀睡，輒令兒曹誦之，至酒醒
或睡熟乃已。嘗以為太白、子美之後，一
人而已。今年自唐安別駕來攝犍為，既畫
公像齋壁，又雜取世所傳公遺詩八十餘篇
刻之，以傳知詩律者，不獨備此邦故事，
亦平生素意也。

‖陸游‖

◎ 陸游文十篇，均據《渭南文集》（下簡稱《文集》）選錄，本文
　錄自卷二十六，文末原署「乾道癸巳八月三日山陰陸某務觀
　題」。
◎ 陸游，見頁一一四注。
◎ 岑嘉州，指唐詩人岑參，他曾任嘉州（今四川樂山）刺史。
◎ 唐安，今四川崇慶。
◎ 犍為，嘉州的古稱。

念樓讀

從少年時代起，我就十分喜歡岑參的詩。住在鄉下時，我在外面喝了酒，帶醉歸來，往睡椅上一躺，總愛叫孩子們朗誦岑詩，聽着聽着，不覺移情，慢慢酒意便消，或竟酣然入睡，身心都安適了。

我覺得，除了李白、杜甫，在詩的世界裏，成就沒有比岑參更偉大的了。

今年從唐安調來嘉州，這裏是岑參工作和生活過的地方，於是我在公廨裏為他畫了像，又輯錄他的遺詩八十多首，刻印成集，供愛好並懂得詩歌的人來讀。這不僅是為嘉州保存文化歷史，也是替自己還願——還我這一生中對岑參許下的心願。

念樓曰

題跋是陸游最好的文章，我以為。

古人的題跋，也有庸俗應酬、敷衍塞責的，但像東坡、山谷、放翁等大手筆，究竟不太屑於這樣做。他們的文筆真好，從中看得出作者的真感情、真見識，其價值已遠遠超出一般書話、書評所能達到的最高境界。

我在書業中時，也學着寫過些書話、書評，想努力和讀者交流一點藝術的體驗或人生的感悟。且不說自己在這兩方面的所知本來就淺陋，講不出甚麼東西來；便是幾句文章，也總寫不好。看來今後仍只能小抄小販，藉以藏拙，把此類文章讓給比自己高明的人來寫。

不如不印

⬤學其短

[跋歷代陵名]

三榮守送來。近世士大夫所至，喜刻書版，而略不校讎，錯本書散滿天下，更誤學者，不如不刻之愈也。可以一歎。

‖ 陸游 ‖

◎ 本文錄自《文集》卷二十六。文末原署「淳熙乙未立冬，可齋書」。淳熙，宋孝宗年號。可齋，陸氏齋名。
◎ 三榮，榮州的別稱，即今四川榮縣。

●念樓讀

榮州的地方官，給我送來了這部新刻印的書。

刻書印書，當然是好事，但好事也得做好才行。現在讀了點書做了官的人，到哪裏都喜歡刻書印書，卻一點也不注重編校的質量，印出來的書錯字連篇。拿了這樣的書送人、發賣，使之流行全國，這不是為讀者服務，而是在禍害讀者，不是發揚文化，而是糟蹋文化。

刻印出這樣的書來，真不如不刻不印還好一些，唉！

●念樓曰

此時陸游在成都范成大那裏當參議官，文名越來越大。三榮守給他送書，肯定有求名之意，不料卻挨了這樣一個大嘴巴。

常說「伸手不打笑臉人」，如今「讀書類」報刊上的批評聲音本來就少，或一見焉，字裏行間又每透露出宿怨的痕跡，或則借題發揮，能夠就事論事，批評不避親，「阿彌嶺的鬼──尋熟人」的蓋少，伸手打笑臉人的就更少了。難道隨着時代進步，世故反而更深了嗎？

印書要少錯，關鍵在校對。有云校書如掃落葉，言其難得乾淨也。第一要能識錯，這就先要懂得書，懂得作者的意思；第二要視錯如仇（校讎就是校仇），必去之而後快。這樣的人，又哪裏是幾元錢一千字的工錢能僱得到的呢？

信運氣

[跋中興間氣集]

高適字仲武，此集所謂高仲武，乃別一人名
仲武，非適也。議論凡鄙，與近世《宋百家
詩》中小序可相甲乙。唐人深於詩者多，而
此等議論乃傳至今，事固有幸不幸也。然
所載多佳句，亦不可以所託非其人而廢之。

‖ 陸游 ‖

◎ 本文錄自《文集》卷二十七，二篇錄一。

●念樓讀

寫《燕歌行》（「漢家煙塵在東北」）的唐代大詩人高適，渤海郡人，表字仲武。編這本《中興間氣集》的先生，也署名「渤海高仲武」，卻是另外一人。

高適詩作的高妙，用不着說了。這位高仲武先生的詩學，從他寫的對詩人和詩的評語來看，卻實在不敢恭維。其庸俗、鄙陋，和近世《宋百家詩》中的小序，正是一路貨色。

唐代是詩的時代，作詩的高手如林，對詩有理解、能選能評的人也應該不會少。可是流傳到今天的，卻是這《中興間氣集》，是這位高仲武先生的點評。所謂「文章千古事」，看來這「事」在很大程度上還得靠運氣。

不過話又說回來，這位高先生畢竟是唐人，他選的畢竟是唐詩。《中興間氣集》裏還是有不少好詩好句，盡可供後人欣賞，只是不要去看那些點評就是了。

●念樓曰

曾國藩嘗自為墓誌銘：

不信書，信運氣。公之言，告萬世。

或以為黑色幽默。而見如今寫武俠小說尚不如平江不肖生、還珠樓主的文化商人，被奉為文學大師帶博士生，民國年間擺在地攤上賣的《十二金錢鏢》，改編成電影竟得了奧斯卡金像獎，則亦不由得你不信運氣也。

天風海雨

⌘ **學其短**

[跋東坡七夕詞後]

昔人作七夕詩，率不免有珠櫳綺疏惜別之意。惟東坡此篇，居然是星漢上語，歌之曲終，覺天風海雨逼人。學詩者當以是求之。

‖陸游‖

◎ 本文錄自《文集》卷二十八。文末原署「慶元元年元日，笠澤陸某書」。慶元，宋寧宗年號。笠澤，太湖古稱。陸氏所居鑒湖古一名太湖，故亦稱笠澤。

◎ 珠櫳綺疏，精巧的窗戶，引申為美好的房室。

念樓讀

從來寫牛郎織女，總離不開山盟海誓，難捨難分；總把環境設定在情人久別重逢的場合，溫馨而私密……

只有蘇東坡詠七夕的這首《鵲橋仙》，寫仙子凌空揮手，告別塵寰；伴隨她的只有長空吹過的風，星海飛來的雨。這是多麼超凡脫俗，完全屏棄了啼笑姻緣、歡喜冤家的模式，進入到彼岸——高出我們的理想世界中去了。讀起來的感覺，已不是感傷，更不是片刻歡娛，而是清空高潔，是淨化了的心靈。

搞創作的人，是不是可以從此悟出一點甚麼來呢？

念樓曰

東坡《鵲橋仙》：

緱山仙子，高情雲渺，不學痴牛騃女。

鳳簫聲斷月明中，舉手謝、時人欲去。

客槎曾犯，銀河微浪，尚帶天風海雨。

相逢一醉是前緣，風雨散、飄然何處。

作為七夕詞確實十分傑出。傑出就傑出在別人都寫「痴牛騃女」，他卻「不學痴牛騃女」。這又不是故意彆拗一調，而是有他個人的立意、個人的創作手法做骨子，此其所以為東坡。

我沒有學過文學，對於這方面的事，向來不敢多談。放翁對昔人作詩「率不免……」的批評，倒使我想起了如今創作和出版上的「一窩蜂」現象。一個寶貝走了紅，就有無數個寶貝；一個格格賺了錢，就有無數個格格。「天風海雨」這類屬於彼岸的東西，只怕早就過時了。

憶兒時

⬤學其短

［跋淵明集］

吾年十三四時，侍先少傅居城南小隱。偶見藤牀上有淵明詩，因取讀之，欣然會心。日且暮，家人呼食，讀詩方樂，至夜，卒不就食。今思之，如數日前事也。慶元二年歲在乙卯，九月二十九日，山陰陸某務觀書於三山龜堂，時年七十有一。

‖ 陸游 ‖

◎ 本文錄自《文集》卷二十八。
◎ 先少傅，陸游對自己已故的父親陸宰的稱呼。
◎ 龜堂，陸氏齋名。

念樓讀

還記得十三四歲的時候，我跟着父親住在城南的別墅裏。有次偶然在藤牀上見到一部陶淵明的詩集，拿着看看，覺得有味，便慢慢地開始讀。一讀讀到天色向晚，家裏人喊我去吃晚飯。我正讀得高興，不顧家人的三喊四催，總不肯把書放下，直到天黑，硬是沒有去吃這一餐。

如今回想起來，這件事情還是清清楚楚的，就像幾天前才發生的一樣。可今年已是慶元乙卯年，十三四歲的小孩早已變成七十出頭的衰翁了。

念樓曰

這是我讀過的寫自己少時讀書生活的文章中最好的一篇。東坡《書淵明詩》一首亦佳，卻不涉及兒時。

我自己也寫過幾篇回憶自己讀書生活的文字，卻遠不能夠寫得像這樣有感情，又有風趣，故知此事很不容易。

陸游祖父陸佃（農師）是著名學者，著有《埤雅》《陶山集》，藏書甚多。父親陸宰曾著《春秋後傳補遺》，也很愛書，紹興年間家裏藏書達一萬三千多卷。藤牀上放着陶詩，子弟盡可翻閱；只要在用心看書，晚飯不來吃也沒關係。家庭中有這樣的文化氛圍，有這樣的讀書空氣，對少年兒童來說，的確是一種幸福。

這幾年常聽說要「老有所為」「老有所樂」，依我看，七十衰翁能回憶少時貪讀好書的幸福，並把它寫出來，那就是最有所為、有所樂了。

故都風物

學其短

［跋呂侍講歲時雜記］

承平無事之日，故都節物及中州風俗，人人
知之，若不必記。自喪亂來七十年，遺老凋
落無在者，然後知此書之不可闕。呂公論
著，實崇寧、大觀間，豈前輩達識，固已知
有後日邪？然年運而往，士大夫安於江左，
求新亭對泣者，正未易得。撫卷累欷。

‖ 陸游 ‖

◎ 本文錄自《文集》卷二十八。文後原署「慶元三年二月乙卯，
　笠澤陸某書」。
◎ 故都，指北宋都城汴梁（今河南開封）。

念樓讀

　　從前天下太平時，生活在故都汴梁城內，對那裏四時八節的景物、民間百姓的風情，司空見慣，覺得這些盡人皆知的事，記錄下來似乎沒有甚麼必要。及至金寇南侵，汴京失守，倏忽已七十年，從那裏出來的人，逐漸凋零殆盡，這時才顯出了這本書的價值。

　　呂先生寫這本《歲時雜記》的時候，還在道君皇帝即位初期的崇寧、大觀年間。又過了二十來年，汴京才淪陷。難道老前輩的眼光如此深遠，竟預見到了後來發生的事情嗎？

　　呂公已矣，唯書尚存。現在我們這些在江南的人，卻苟安旦夕，連傷懷故國、痛惜山河的心情也未必常有。翻閱此書，不禁淚下。

念樓曰

　　南宋被金人趕到江南，和東晉的情形相似。東晉過江諸人聚於新亭，或歎曰：「風景不殊，正自有山河之異。」皆相視流涕。唯有被時人推重為管仲（夷吾）的王導變色曰：「當共戮力王室，克服神州，何至作楚囚相對？」陸游提到新亭對泣，是痛南宋憂國無人，其詩：

　　　不望夷吾在江左，新亭對泣亦無人。

正是這個意思。

　　世風民俗「人人知之，若不必記」，倘經變故，則倏忽已為陳跡。我們這輩人親身經歷過的放詩歌衞星、全民打麻雀之類的事，能記得住的還是及時記下為好。

提個醒

［跋前漢通用古字韻編］

古人讀書多，故作文時偶用一二古字，初
不以為工，亦自不知孰為古孰為今也。近
時乃或鈔綴《史》《漢》中字，入文辭中，
自謂工妙，不知有笑之者。偶見此書，為
之太息，書以為後生戒。

‖ 陸游 ‖

◎ 本文錄自《文集》卷二十八。文末原署「己未三月二十四日，
龜堂識」。

念樓讀

古時的作者，讀書讀得多，識的字也多，寫文章時偶爾用上幾個古字，正是隨手拈來，本無心分別字體的今古，更不是為了炫耀自己的學識。

現今的作者，卻偏要從《史記》《漢書》中尋些後來已經不用了的古字，將其裝點在自己的句子裏，以此表現自己的「高水平」。殊不知在他們洋洋得意的時候，已經有人忍不住要笑呢。

偶然見到這部《前漢通用古字韻編》，正是為裝門面服務的書，便在上面寫下這幾行，給年輕人提個醒。

念樓曰

清朝末年，章太炎提倡「復古」（當然他有反對清政府的目的），故意從先秦古籍中找些早已死去的古字來用。周氏兄弟曾從之讀書，也一度染上這毛病，所作《摩羅詩力說》《文化偏至論》等，內容平平，徒做古奧狀，實在不足為訓。

如今知識和書籍早成了商品，得按主顧的需求備貨，內容是否有益，有時便顧不上多想。所以老殘在東昌城書店裏看見的書，大半是「三百千千」，再就是《八銘塾鈔》，正屬於《前漢通用古字韻編》一類。還有文海樓、文瀚樓請馬二先生、匡超人精選的《三科鄉會墨程》等，即所謂教輔、教參，亦是出版社的財源利藪。我們哪敢學放翁的樣，提醒年輕朋友少看少買，但求老闆們在敦請處州馬純上、樂清匡迥諸位大家名家來精編精選的同時，還能為真正讀書人想讀的書留一線生機和幾畦園地。

今昔不同

學其短

[跋樂毅論]

《樂毅論》縱橫馳騁，不似小字；《瘞鶴銘》
法度森嚴，不似大字。此後世作者所以不
可仰望也。

‖ 陸游 ‖

◎ 本文錄自《文集》卷二十九。文末原署「庚申重九，陸某
　書」。庚申，南宋寧宗慶元六年。
◎《樂毅論》，法帖，王羲之書，小楷四十四行。
◎《瘞鶴銘》，傳為南朝梁時摩崖刻石，原刻在焦山（在今江蘇
　鎮江）西麓石壁上。

念樓讀

王右軍的《樂毅論》，字形雖小，而筆意奔放，氣勢開張，給人的印象不像是小字。「上皇山樵」的《瘞鶴銘》摩崖刻石，字形雖大，但結構緊湊，筆畫收斂，給人的印象又不像是大字。

後世書法家之所以永遠只能抬起頭望前輩，甚至抬起頭還望不到，恐怕正是在這些地方。

念樓曰

我本來是很不贊成說「一代不如一代」的。小時看《江湖奇俠傳》，桂武小兩口要一重門一重門地打出丈人家，妹妹、嫂子把守的幾張門還容易過，丈母娘那裏便差一點出不來，臨到老外婆將鐵柺杖一擺，就只有磕頭哀求的份了。反正徒弟總打不過師傅，這便是傳統文化之精髓，甚麼派全都一樣。

當時看這些書，也津津有味，不覺得有甚麼不對。直到自己鬍子頭髮發白了，才感到年歲硬是不饒人，如說越老反而越強，只能是存心說謊。而世間所有技藝，紀錄總在創新，古希臘人跑馬拉松也絕對趕不上如今的選手。

但是在藝術創作上，有時今人確實難以企及昔人。只談書法，現代有些「大師」們的字，不說難比《樂毅論》《瘞鶴銘》，就是放在「放翁五十猶豪縱」旁邊，恐亦「不可仰望」。奇怪的是，他們的展覽會總不停地在舉行，甚至寫一個「壽」字、「福」字，當場便有企業家出幾十萬來「買」，豈不怪哉？

想鑒湖

學其短

［跋韓晉公牛］

予居鏡湖北渚，每見村童牧牛於風林煙草
之間，便覺身在圖畫。自奉詔紬史，逾年不
復見此，寢飯皆無味。今行且奏書矣，奏後
三日，不力求去，求不聽輒止者，有如日。

‖ 陸游 ‖

◎ 本文錄自《文集》卷二十九。文末原署「嘉泰癸亥四月一日
笠澤陸某務觀書」。嘉泰，宋寧宗年號。
◎ 韓晉公，唐韓滉封晉國公，善畫牛。

念樓讀

我家住鑒湖（亦稱鏡湖）北岸，牧童們常在湖邊放牛。每當輕風將樹上的枝葉吹得微微顫動，青草地在初升的陽光照射下，升起一層有如薄霧的輕煙，牧童和牛在其中慢慢地踱着，為這番景色所吸引的我，自身也彷彿成為圖畫中人了。

自從被調到臨安來編史書，經年不見鑒湖風景，覺得生活真是越來越單調，吃飯、休息都越來越乏味。現在好不容易完成了任務，可以退休了。三天之後，如果還不堅決請退，請退以後，如果不能一再堅持，堅持早日回到鑒湖上去的話，我是可以指着日頭發誓的。

念樓曰

韓滉的《五牛圖》已成稀世之寶。跋韓滉畫牛，無一字及韓氏之畫，只敍因畫牛而想起故鄉的牛，又因而勾起強烈的歸鄉之念，則畫之動人可想見矣。

古人題畫，有極好的文章，這也可以算一篇，本想將它放在「記畫文」一章，因為是陸游的文章，所以還是放在這裏了。

放翁此時已老，渴望回歸故鄉，回歸大自然。其要求退休的決心之大，甚至指着日頭發誓，這在如今恐怕是不會再有的了。

如今的人都怕退休，怕下台。這是甚麼緣故呢？是如今做官不再「無味」，味道越來越好了呢，還是因為找不到像鑒湖那樣的好地方去養老呢？

無 聊 才 作 詩

學其短

［跋花間集］

《花間集》皆唐末五代時人作。方斯時，天下岌岌，生民救死不暇，士大夫乃流宕如此，可歎也哉！或者亦出於無聊故耶？

‖ 陸游 ‖

◎ 本文錄自《文集》卷三十。文末原署「笠澤翁書」。

念樓讀

《花間集》全是唐末五代時人的作品。天下大亂，國家不穩，平民百姓在兵荒馬亂中求活命都不容易，讀書人卻還有閒情逸致，寫出如此浪漫美麗的作品來，豈不令人歎息。

但轉念一想，亦未必那時的士大夫都不憂國憂民了，而是因為有思想的人這時反而無事可做，上面也不讓他們做，所以他們只好作詩詞排遣空虛無聊吧。

念樓曰

編《唐詩百家全集》時，我發現了一個有趣的現象：

通常被認為作品最富有「人民性」，最能「反映民生疾苦」的詩人，其個人生活往往倒比較優裕，很少吃苦。最突出的例子當然是白居易，官做得大，房子建造得華美，小老婆也討得多。他的《賣炭翁》《秦中吟》，小學生都讀過，可謂深入人心；但在他的兩千八百多首詩中，「憶妓多於憶民」卻是不爭的事實。

相反的，那些生活貧困、地位寒微或身世不幸的詩人，例如劉希夷、崔曙、周賀、寒山的詩中，卻極少有「可憐身上衣正單，心憂炭賤願天寒」這樣的句子。

這個現象，初看似不好理解，但仔細想想，也就釋然了。因為「朱門酒肉臭」的氣味，這些窮酸落魄的人可能根本沒有聞到過；而在真正受凍挨餓時，大概也不可能還有心情寫詩，只能在壓力稍小時偷着樂一樂，以寫詩發泄一點個人的無聊。

張岱山文十篇

不出名的山

學其短

［越山五佚記序］

越中山水，曹山、吼山為人所造，天不得
而主也；怪山為地所徙，天不得而圍也；
黃琢、蛾眉為人所匿，天不得而發也。
張子志在補天，為作越山五佚，則造仍天
造，徙仍天徙，匿仍天匿也。故張子之
功，不在女媧氏下。

‖ 張岱 ‖

◎ 本文錄自張岱《瑯嬛文集》（以下簡稱《文集》）卷二。
◎ 張岱，見頁四四注。
◎ 越山五佚，意謂紹興（古稱越州）郡城內外五座不出名的山。

念樓讀

紹興城內外，有五座不出名的山。

世上的山水，本來都是天然之物，這五座山卻有點不一樣。曹山和吼山，是人工採石鑿出來的，並未由天做主。怪山又叫飛來山，能「飛來」就是能夠自己挪地方，不服天公的安排。黃琢山老被華巖寺擋着，蛾眉山四面建起了民居，它們都藏匿起來，姿態和顏色多被遮掩了。

難道人定能勝天嗎？人工開鑿的不仍是天成的山石嗎？叫「飛來」的不仍是天生的山峯嗎？建築再高不仍然遮不盡天然的山色嗎？

人不能勝天，卻可以補天。我寫這五座山，只是為了補天公沒替它們揚名的不足，算是繼承女媧的遺志吧。

念樓曰

《越山五佚記序》寫的五座山，確實不怎麼出名，如今也只有一座吼山，是紹興的遊覽地。

黃裳稱張岱為「絕代的散文家」，謂其文「絕對不與人相同」。周作人也說「他的特點是要說自己的話」。說自己的話，即不說和別人一樣的話。《越山五佚記序》寫家鄉山水，也是尋常題材，因為文字「絕對不與人相同」，便成了自具特色的作品。

出遊通知

⬤**學**其短

[遊山小啟]

幸生勝地，鞋靸間饒有山川；喜作閒人，酒席間只談風月。野航恰受，不逾兩三；便榼隨行，各攜一二。僧上鳧下，觴止茗生。談笑雜以詼諧，陶寫賴此絲竹。興來即出，可趁樵風；日暮輒歸，不因剡雪。願邀同志，用續前遊。

‖ 張岱 ‖

◎ 本文錄自《文集》卷二。
◎ 航，船。
◎ 榼，裝酒菜的容器。
◎ 僧上鳧下，上面像和尚一樣光着頭，下面像鴨子一樣赤着腳。
◎ 剡雪，典出《世說新語》，可參看第二冊頁三六《乘興》。

念樓讀

有幸住在名勝之區，腳下全是好山好水；更有幸都成了閒人，聚會無須假裝正經。烏篷船恰能容我們幾個，下酒菜也只須帶兩三盆。服裝任意，茶飯隨心。侃起大山來哪怕不着邊，愛吹打彈唱亦無妨盡興。近晚便回家，倒不必學雪夜訪戴的故事；只要有興致，斜風細雨也照樣可以出門。特此邀各位前來，再續快遊的好夢。

念樓曰

出遊現在成了時髦，有雙休，有長假，不少的人還有公費報銷，好像是盛世才有的「與民同樂」的樣子。其實古人只要能免於匱乏，免於恐懼，也是很愛遊，而且很會遊的。

張岱的遊蹤，不出蘇魯浙皖四省，比今天一個科長還不如。但從文章看，他「遊」的品位和「遊」給他的美感都是無以復加的。即以這一則小啟為例，遊必須有友，友必須有趣而且有閒，有共同的理解和賞識，此便是深知遊道三昧才說得出的話。

小時候讀書，「浴乎沂，風乎舞雩」和「且往觀乎，洧之外」的情景，最使我神往。及至成年，先戴鐵帽子，後背十字架，殊少快遊，徒生遐想。如今倒是不乏被照顧出遊的機會，缺少的卻是同遊的人，有些機會只好放棄。

《遊山小啟》是一篇駢文，全用對偶句，別有意趣。如今此種文體漸成絕響，「念樓讀」試着用語體擬寫，卻全不成樣子。

二叔的筆墨

[題仲叔畫]

余叔守孤城，距賊壘三十里。有故人縋
城來訪，余叔多其高義，就燈下潑墨作山
水贈之。此二事皆非今人所有，故此畫皴
法，如蝟毛倒豎，稜稜礪礪，筆墨間夾有
劍戟之氣。

‖ 張岱 ‖

◎ 本文錄自《文集》卷五。
◎ 仲叔，張聯芳，字爾葆，號二酉。

念樓讀

二叔署理陳州時，敵軍到了三十里外，全城戒嚴。有位老朋友冒險來看他，因城門不能開，只能用繩子將朋友吊進城來相見。

二叔本來會畫，此時日夜守城，無暇作畫，但為情義感動，仍然在燈下潑墨揮毫，給老朋友畫了這幅山水。

二叔和他這位朋友的行為，都不是平常人能夠有的。看此畫筆觸，瘦硬倔強，挺拔弩張，猶能想像二叔當年扼守孤城，面對如林劍戟的神氣。

念樓曰

張岱《家傳・附傳》中，有一節談到了他的二叔：

仲叔諱聯芳，字爾葆，以字行，號二酉。……喜習古文辭，旁攻畫藝。少為渭陽石門先生所喜，多閱古畫。年十六七，便能寫生，稱能品。後遂馳騁諸大家，與沈石田、文衡山、陸包山、董玄宰、李長蘅、關虛白相伯仲。……署篆陳州，時賊逼宛水，刀戟如麻。仲叔登陴死守，日宿於戍樓；夜尚燒燭為友人畫重巒疊嶂，筆墨安詳，意氣生動。識者服其膽略。

此節與本文參看，可見：

（一）寥寥數語寫不平常事，卻全是紀實，並無虛言。

（二）題畫是藝術文，形容畫法如蝟毛倒豎，夾有劍戟之氣，給讀者的感覺，則與家傳所云「筆墨安詳」者有異。材料摻不得半點假，口味卻可以做出迥然不同的來，此正是特級廚師的手藝。

考 文 章

[跋張子省試牘]

刻張子遺卷，非怪張子之不遇也，欲以明
張子之不遇。張子自有以不遇之也。區
區帖括家，為地甚窄，乃欲以太古篆作霹
靂文，非李賀通眉長爪，能下榻便拜乎？
刻成，張子持以示余。余讀畢，張口不能
翕，曰：「此不是試官考童子文，乃童子
考試官文也！」聞者大噱。

|| 張岱 ||

◎ 本文錄自《文集》卷五。

念樓讀

張君的文章，去應試沒有考上。如今將它印出來，不是想說明張君的考運差，而是想說明張君考運差的原因，還在他自己的文章上。

八股文章，就是寫給那麼一些人看的。硬要寫成上帝召凡人去做的慶祝天上白玉樓落成那樣的文章，又不是給七歲能詩的李長吉看，張君不能被賞識，就是很自然的了。

文章印出來後，張君拿來給我看，看得我目瞪口呆。我說：「這哪能是試官考學生的文章，簡直是學生考試官的文章呀！」聽到的人，無不哈哈大笑。

念樓曰

一個人寫出文章來，交由另外的人去評定甲乙，打分數，定取捨，本來是上帝也未必能辦好的事情，故俗諺云：

一命二運三風水，四積陰功五讀書。

也就是說，試官考童子，童子若想憑文章考上，從來就是靠不住的。如今雖有統一命題，恐怕也還是如此。

李商隱作《李賀小傳》，謂其「細瘦通眉長指爪」，「將死時，忽晝見一緋衣人，駕赤虯，持一版書，若太古篆或霹靂石文者」，云「帝成白玉樓，立召君為記」，賀「下榻叩頭」，隨即死去。這是宋玉《招魂》、王爾德《漁人和他的靈魂》的寫法，正適合李賀這位「鬼才」。張岱在這則短文中，用的便是此典。

寫景高手

學其短

[跋寓山注]

古人記山水手，太上酈道元，其次柳子
厚，近時則袁中郎。讀注中道勁蒼老，
以酈為骨；深遠冶淡，以柳為膚；靈巧俊
快，以袁為修眉燦目。立起三人，奔走腕
下，近來此事，不得不推重主人。

‖ 張岱 ‖

◎ 本文錄自《文集》卷五。
◎《寓山注》，可參看頁一三八《寓山的水》。

念樓讀

寫景的高手，古人第一該推酈道元，第二該推柳宗元，近世便得算袁宏道。

讀《寓山注》，見大雅若拙，不作時世妝以媚俗，頗有《水經注》的風骨。一景一物，題材範圍很窄，難得的是寄託卻很曠遠；深情麗色，亦能以簡淡的筆墨出之，這一點又像《永州八記》。而其創詞煉句，卻又能力避庸熟，自出心裁，給人的印象是既新鮮，又乾淨，首首都很漂亮，比得上袁中郎寫浙西山水的名篇。

能夠將酈、柳、袁三人寫景的筆桿子抓起來，再寫下去，如今恐怕就只能借重注「寓山」的這一位了。

念樓曰

祁彪佳《寓山注》的文章確實寫得漂亮，本書「寫景文十篇」中也收入了他的一篇《水明廊》。

文章寫到明朝中葉，八大家的路子已經走到了盡頭。有這方面興趣和天賦的人，不得不求新求變，張岱和祁彪佳便是這方面成績突出的好手。寫園林不稱記、志、敘而稱「注」，似是初創，這則跋語的寫法也不多見。

不過最要緊的還是真本事。文章要寫得好，引人讀，耐得讀，若無自己的思想和文采，光靠在形式上「出新」，則如小孩子砌積木，顛來倒去也無法出奇制勝。

米家山

學其短

［再跋藍田叔米山］

畫米家山者，止取其煙雲滅沒，故筆意縱
橫，幾同潑墨。然不知其先定輪廓，後用
點染，費幾番解衣盤礡之力也。昔之善畫
者，謂「忙促不及作草書」，正須解會此意。

‖ 張岱 ‖

◎ 本文錄自《文集》卷五。
◎ 藍田叔，作者的族叔。
◎ 米家山，宋代米芾、米友仁父子以大筆觸的水墨表現煙雨雲
　山，世稱「米家山」，簡稱「米山」。

念樓讀

學畫米家雲山的人,總想畫出滿紙煙雲、朦朧掩映的效果,所以一動手就放筆直幹,幾乎全是潑墨。殊不知米家父子作畫之前,胸中自有丘壑,整個畫面的輪廓早佈置好了,何處該實,何處該虛,何處該粗,何處該細都瞭然於心,再用他們獨有的技法點染而成。這看似信筆而為,並不刻意摹寫,其實為了一幅水墨雲山,真不知得付出多少精神,多少氣力。

從前有位書法名家對人說:「因為太匆促,所以來不及作草書。」學畫米山的人,總要懂得這一層意思。

念樓曰

此一則也是為別人的畫題跋,卻無一語道及其人其畫,好像有點「跑題」,至少是「缺乏具體分析」,閱卷老師未必給高分,我則以為它能得作序跋的妙義。

為人作序跋也真難(寫「書評」則更難),何況顧亭林在《日知錄》中的挖苦話──「人之患,在好為人序」,老像神話中的利劍那樣懸在我頭頂上。但推託有時又難為情,那麼也只有跑題,在別人的命題下寫自己的文章。你畫米山,我就從米山談到古人「忙促不及作草書」,只要能談出一點半點道理,又談得有味道,亦即有益於人,可以交卷了。

我

學其短

［自題小像］

功名耶落空，富貴耶如夢，忠臣耶怕痛，
鋤頭耶怕重，著書二十年耶而僅堪覆甕，
之人耶有用沒用？

‖ 張岱 ‖

◎ 本文錄自《文集》卷五。
◎ 「功名耶落空」的「空」字讀作 kòng。

念樓讀

理想呢，早已無影無蹤。

事業呢，成了逝去的風。

為國捐軀最好，卻怕打衝鋒。

也想下田種地，腿腳又抽筋。

寫書寫了二十年，只留下廢紙若干斤。

就是這樣一個人，大家看呀，中不中？

念樓曰

在日丹諾夫、姚文元一類文化奴才總管看來，寫這幾行東西的人，若非反動派賣國賊，定是投降派寄生蟲，即使不按古米廖夫的判例立即執行，也得送往古拉格羣島，或者驅逐到巴黎等甚麼地方去，才得眼中清淨，天下太平。

張岱說他砍頭怕痛，所以沒有做忠臣。但他本來只是個大少爺，並未做過明朝的官，因為已經寫了十七年的明史《石匱書》尚未寫完，於是「披髮入山」，「以世家而下同乞丐」，在貧窮中繼續著述，終於完成了此書和它的後集。此書和他的《瑯嬛文集》《陶庵夢憶》，都是漢文學的瑰寶，而絕不是如他所說的「僅堪覆甕」的廢紙。在這裏，他不過開開玩笑罷了。

專制之一惡是開不得玩笑。審查文字有如看犯人供詞，必須句句屬實。瞿秋白臨死說了句豆腐好吃，也被視為叛徒。欲人人都抄（肯定不可能人人做得出，故只能抄）兩行「孔曰成仁，孟曰取義」再死，這死豈不也太難了嗎？

人 和 狼

學其短

［中山狼操］

東郭先生匿中山狼，紿獵者去，狼磨牙欲
食之，悔而有作。

「吁嗟狼兮，爾乃食予？予不爾救，爾將
食誰？」狼曰：「余飢，所見惟食，不問恩
仇，不擇肥瘠。」「狼兮，終忍食余兮！終
忍食余兮，狼兮！」

‖ 張岱 ‖

◎ 本文錄自《文集》卷六。
◎ 中山狼，明馬中錫著寓言《中山狼傳》，後康海又作雜劇《中
　山狼》演其事。
◎ 操，琴曲名。

念樓讀

中山狼的故事大家都熟悉，卻不知道當東郭先生幫狼藏起來，騙走獵人以後，狼立刻齜牙露齒，要吃東郭先生，這時在人狼之間，還有如下一番對話：

「唉，狼啊，你怎能忍心吃我這老頭？也不想一想，我如果不救你，你自己的肉還不知會被誰吃呢？難道你連救命恩人都忍心吃嗎？」

「不錯，你是救了我。但你是人，我是狼啊。狼餓了，就是要吃人的，哪有心思分別你是老是小，是恩人還是仇人呢？」

「唉，看來你真要吃我了，殘忍的狼啊，你真是一頭狼啊！」

念樓曰

《伊索寓言·農夫與（凍僵的）蛇》末云：

這故事說明，邪惡的人是不會變的，即使人家對他十分慈善。

不過咱們添上了後面一節，終於又騙得狼重新鑽入袋中，結果依然是善有善報、惡有惡報，或曰「公理戰勝」。

我們教小孩子唱打倒野心狼唱了許多年，這種教訓我看是終歸無用的。還是狼說得對：「你是人，我是狼。」價值判斷本自不同，道德標準怎能一致。至於迦爾洵說：

狼不吃狼，人卻欣然地吃人呢。

則是另類文章，又當別論。

茶壺酒壺

學其短

［砂罐錫注］

宜興罐以龔春為上，時大彬次之，陳用卿又次之。錫注以王元吉為上，歸懋德次之。夫砂罐，砂也；錫注，錫也。器方脫手，而一罐一注價五六金，則是砂與錫與價，其輕重正相等焉，豈非怪事。一砂罐一錫注，直躋之商彝周鼎之列，而毫無慚色，則是其品地也。

‖ 張岱 ‖

◎ 本文錄自《陶庵夢憶》卷二。

念樓讀

宜興陶藝最講究製茶壺，龔春所製的當然是第一，其次是時大彬，再其次就要推陳用卿了。

錫工精製酒壺，則以王元吉稱第一，歸懋德數第二。

茶壺不過是一種陶器，酒壺不過是一種錫器。可是上面這些人製作的壺，一脫手每把就要值五六兩銀子，陶土和錫的價格，竟相當於同等重量的白銀，豈不是天大的怪事麼。

不僅如此，這些茶壺酒壺，有的還上了收藏鑒賞家的櫥架，居然與商周青銅古物並列，一樣地受到珍重。這就充分說明，它們和它們的製作者，在人們的心目中佔有怎樣的地位。

念樓曰

為文介紹創作，最怕胡吹亂捧，形容詞滿天飛，「大師」帽子隨便戴。當寫武俠、言情通俗小說的人都被捧成了「大師」，這類吹捧文字便墮落成了街頭巷尾的小廣告，自愛者決不屑為，也不會看。

本篇對龔春諸人亦可謂極致傾倒，卻通篇無一形容詞。「絕代的散文家」（黃裳語）的筆墨，真不可及。更重要的是，他介紹的龔春、時大彬……都是真正的大師。如今一把供春壺的價格好幾十萬，比「五六金」又高出了幾千倍。此全靠其本身的「品地」，而斷非文章之力，即使是絕代的文章。

他讀的書多

學其短

［不死亦難究］

張鳳翼刻《文選纂注》，一士夫語之曰：「既云文選，何故有詩？」張曰：「昭明太子為之，他定不錯。」曰：「昭明太子安在？」張曰：「已死。」曰：「既死不必究他。」張曰：「便不死亦難究。」曰：「何故？」張答曰：「他讀得書多。」

‖ 張岱 ‖

◎ 本文錄自《快園道古》卷四。
◎ 張鳳翼，字伯起，明長洲（今蘇州）人。
◎《文選》，梁昭明太子蕭統編撰，亦稱《昭明文選》。

念樓讀

張伯起印了一部集注《文選》的書，有位先生就問：

「書名叫《文選》，為甚麼卻選了這麼多詩？」

「都是昭明太子選的，總有他的道理吧。」

「昭明太子現在在哪裏？」

「死了。」

「既然死了，就不找他的毛病算了。」

「就是沒死，他的毛病也難找。」

「為甚麼呢？」

「他的書讀得多呀。」

念樓曰

劉勰《文心雕龍》說：「今之常言，有文有筆，以為無韻者筆也，有韻者文也。」此蓋是南北朝時期對文體區分的共識。編《文選》的昭明太子蕭統，比劉勰小三十五歲，早死一年，可算同時代人，故《文選》選韻文（當然包括詩）乃是最正常不過的事情。在劉勰和昭明太子他們那時候，如果不選詩，又怎能稱《文選》？

「一士夫」卻硬要質疑：「既云文選，何故有詩？」其實這和余秋雨硬要將讀書人開始做官說成「致仕」也差不多，問題不過只是欠缺了一點知識。金文明忍不住要說話，像張岱這樣極簡單幾句就行了，既可解人頤，也免傷和氣。

鄭燮文十篇

對不住

學其短

[前刻詩序]

余詩格卑卑，七律尤多放翁習氣。二三知己屢詬病之，好事者又促余付梓。自度後來亦未必能進，姑從諛而背直，慚愧汗下，如何可言。

‖ 鄭燮 ‖

◎ 此九篇均錄自鄭燮《板橋全集》（以下簡稱《全集》）。本文錄自《全集·詩集》，文末原署「板橋自題」。
◎ 鄭燮，號板橋，江蘇興化人。

念樓讀

我知道自己的詩格調不高，尤其是七言律詩，大有陸放翁的毛病——淺，不止一次有老朋友提出批評。但也有人不知是出於錯愛還是甚麼原因，還是建議我將它們印成集子。想來想去，覺得自己的本事只這麼大，就是再做努力，也未必能寫得更好。於是便沒有聽從批評，反而接受了建議，真是對不住讀者了。

念樓曰

蘿蔔白菜，各有各愛，因為各人有各人的口味。蘿蔔白菜尚且如此，文學作品並不是實用的東西，就更不可能有甚麼統一的標準。所以作家的確不必太聽批評家的話，只要自己想寫想發表，寫和發表便是了。

真正的文學批評，也是一種作品，作者同樣有寫作和發表的自由，不過不應該要求別人一定得聽，正如文學作品不能要求別人一定得看，看了一定得說好。

板橋的詩，本來不如其文，也不如其詞其道情，但也還是可讀可存的。看來他當時沒聽批評，反而接受了出詩集的建議，並沒有錯。

陸放翁是偉大的詩人，但他有些詩境界淺露，含蘊不足，也是公認的。「六十年間萬首詩」，寫得太多，又哪能首首都是精品，有的也只能「對不住」他自己和讀者。

鄭板橋有此自知，把話先說出來，似乎更高明一點。

鬼打頭

學其短

[後刻詩序附記]

板橋詩刻，止於此矣。死後如有託名翻
板，將平日無聊應酬之作改竄闌入，吾必
為厲鬼以擊其腦。

‖鄭燮‖

◎ 本文錄自《全集·詩集》。

念樓讀

鄭板橋的詩，勉強能夠刻印出來呈獻給讀者的，全都在這裏了。

在我身後，無論用甚麼名義「增編」「補輯」，將我平日為了交差應請，胡亂寫出來的東西，勉強雜湊再來出版，都是違背我的意願的。死若有知，我一定會為此氣得發狂。硬要幹這事的混蛋，難道就不怕我的鬼魂會來打你的頭麼？

念樓曰

從上一篇《前刻詩序》看，鄭板橋不聽批評，堅持要刻印自己的詩，還是很有發表慾的。從這一篇《後刻詩序附記》看，他又很怕身後別人將他的「無聊應酬之作」拿來印行，要化「為厲鬼以擊其腦」。其實堅決要印和堅決不印，都是為了珍重作品，珍重讀者，前後一致，並不矛盾。

作者一生中所寫的東西，未必都有發表的價值。無聊應酬之作不必說了，還有奉命來作的表態文章、應景文章、大批判文章，不僅藝術上未必能給本人增光，政治上事過境遷也多半過時了。作者如果悔其前作，或者愛惜羽毛，不願意再翻舊襯衣，也應予以理解。

當然，為了研究人和史，有時也有搜輯遺文的必要。若只是為了牟利，把爺娘親自刪去的房帷私語搬出來充賣點，將先人日記任意改動後再賣錢，就太不堪了，難道就不怕鬼打頭麼？

不求人作序

學其短

[家書自序]

板橋詩文，最不喜求人作序。求之王公大人，既以借光為可恥；求之湖海名流，必致含譏帶訕，遭其荼毒而無可如何，總不如不序為得也。幾篇家信，原算不得文章，有些好處，大家看看；如無好處，糊窗糊壁、覆瓿覆盎而已，何以序為？

‖ 鄭燮 ‖

◎ 本文錄自《全集·家書》。文末原署「鄭燮自題，乾隆己巳」。

念樓讀

我出書向來不喜歡求人作序。請領導同志寫吧，不免有拉大旗作虎皮的嫌疑，想沾光反而丟臉；請專家學者寫吧，又得熱臉挨冷臉，忍受那種居高臨下、愛理不理的樣子，還不如不要那幾句表揚。

寫幾封家信，本不是做文章，當然更寫不出甚麼好的文章來。如果有人對它還感興趣，也許可以看一看，不感興趣便當作廢紙處理好了，那就更加無須請人作序了。

念樓曰

出書求人作序，如今在書評報刊上遭譏訕荼毒的，已經夠多了，看起來實在可憐。我倒覺得，譏訕的鋒芒不必老是對着可憐巴巴的求序者，而應該對着「好為人序」的名家大家們。若天下沒這麼多人好為人序，好當主編（主編往往和作序者一身二任），泡沫書、垃圾書起碼要少一半，真正做了好事。

其實我完全不反對書前有序，而且還很喜歡讀寫得好的序文，而且還不一定同時要讀序後的正文。序文比所序的書有更強更久的生命，這樣的例子真不少。這就必須：（一）序文對所序的書有真正獨特的見解；（二）作序者對書作者其人其事有真正深厚的感情；（三）是篇好文章。這樣的序，只讀它不讀其書，也不會吃虧；問題就是這樣的序文實在難得一見，恐怕也不是「求」能夠求得到手的。

胸無成竹

[題畫竹一]

文與可畫竹，胸有成竹；鄭板橋畫竹，胸無成竹。濃淡疏密，短長肥瘦，隨手寫去，自爾成局，其神理具足也。藐茲後學，何敢妄擬前賢。然有成竹無成竹，其實只是一個道理。

‖ 鄭燮 ‖

◎ 本文錄自《全集 · 題畫》。
◎ 文與可，名同，宋畫家。

●念樓讀

晁補之為文與可畫竹作詩，云：

與可畫竹時，胸中有成竹。

蘇軾在《文與可畫篔簹谷偃竹記》中說得更好：

故畫竹必先得成竹於胸中，執筆熟視，乃見其所欲畫者，急起從之，振筆直遂，以追其所見，如兔起鶻落，少縱則逝矣。

這是大作家對大畫家作畫經驗的總結，文章也寫得氣勢生動，讀之正如看文氏的畫，活靈活現，動人極了。

但我畫竹，卻和文氏完全不同。他畫竹時胸中有成竹，我畫竹時胸中卻無成竹，幾竿幾叢，枝枝葉葉，全憑意之所向，興之所至，自由揮灑而成。往往信手畫出，神氣反而更加具足，至少我自己看來是如此。

在繪畫藝術上，我是後輩，怎麼敢妄比前代名家。我想說的不過是，只要真理解竹子，真愛竹子，全心全意想畫好竹子，作畫時胸中有成竹也好，沒有成竹也好，都是能夠畫得出來的。

●念樓曰

文同是畫竹名家，蘇軾更以「三絕詩書畫」而兼曠代文豪，其權威性自不待言。若在現代，絕對的權威如是說，跟着做闡釋，做詳解，立學派的人，真不知會有多少，怎麼敢公然立異？此其所以為鄭板橋乎。

文 與 畫

[題畫竹二]

江館清秋，晨起看竹，煙光日影露氣，皆
浮動於疏枝密葉之間，胸中勃勃遂有畫
意。其實胸中之竹，並不是眼中之竹也。
因而磨墨展紙，落筆倏作變相，手中之
竹，又不是胸中之竹也。總之，意在筆先
者，定則也；趣在法外者，化機也。獨畫
云乎哉？

‖ 鄭燮 ‖

◎ 本文錄自《全集・題畫》。

●念樓讀

住在江邊，秋天早晨起來看竹。初陽剛照上竹林，露氣化成縷縷輕煙，正在慢慢升起。晨光在枝梢間投下了或濃或淡的影子，竹葉上間或有露珠閃爍發光⋯⋯眼中的景象，覺得很有畫意，心中便起了作畫的衝動，但是我心中的竹子，卻要比眼中的更高雅，更瀟灑，更美⋯⋯

回到屋裏，磨好墨，鋪開紙，動起筆來。紙上立刻出現了竹的形象。我極力想畫出我心中的竹子，可是筆下畫出來的，卻又總是跟它有距離，總還不夠完美。

看來，創作永遠也難以達到理想的境界，藝術永遠也難以將人的感覺完全表現出來。感覺永遠是第一位的。只有憑着感覺，憑着對大自然的美的領悟，才有可能超越筆墨的局限，畫出自己能力以上的作品來。

這裏說的是作畫，難道只有作畫是如此嗎？

●念樓曰

中國畫是文人畫，不通文即不通畫理，也不能成為畫家。鄭板橋的畫名高，也是得力於他的文名和書法，至少是相得益彰的，畫匠畫師是寫不出他這樣的文字的。

西洋畫路子不同，但我想文學和美學的修養，對於所有的畫家，恐怕一樣重要。畫西畫的也有畫師和畫匠，他們的收入可能高於梵高，但畢竟只是畫師和畫匠。

潤格

學其短

［板橋筆榜］

大幅六兩，中幅四兩，小幅二兩；書條對聯一兩，扇子斗方五錢。凡送禮物食物，總不如白銀為妙。公之所送，未必弟之所好也。送現銀則中心喜樂，書畫均佳。禮物既屬糾纏，賒欠尤為賴賬。年老神倦，不能陪諸君子作無益語言也。

‖ 鄭燮 ‖

◎ 本文錄自《全集·雜著》。

◎ 筆榜，潤格（取酬標準）。傳世文後有詩，「畫竹多於買竹錢，紙長六尺價三千。任渠話舊論交接，只當秋風過耳邊」，末署「拙公和上（尚）屬書謝客，板橋鄭燮」，乃是為和尚畫竹的題詩，筆榜則是臨時添寫的。

念樓讀

作畫：八尺銀六兩，六尺銀四兩，四尺銀二兩。

書法：條幅、對聯銀一兩，斗方、扇子銀五錢。

板橋書畫，只收白銀。諸君惠顧，無任歡迎。禮品食物，請勿費心。非我所好，概不領情。白銀兌現，其樂融融。畫會畫得好，字更有精神。近乎不必套，賒欠更不行。閒話請儘量少講，留下時間給老夫寫字畫畫是正經。

念樓曰

潤格便是文人賣文，畫家鬻畫的價目。他們既然以此為業，取酬便是理所應當。不過以前潤格由作者自定，願者上門；如今則標準由買方掌握，愛給多少給多少罷了。

此文於風趣中表現出清貧畫家的耿直和無奈。他定的潤格其實相當低。清末林琴南的畫，八尺潤金四十八兩；顧鶴逸每尺二十五兩，八尺高達二百兩。顧、林的畫品，其實尚不及板橋。如果還任人揩油，或以少許禮品食物來套取，板橋道人豈不會揭不開鍋蓋？

民國郭守廬賣文小啟，也貌似取笑，實為諷世，後二節云：

妻不會賣乖鬻俏，子不會得勢拿權。一支禿筆，與我生命相連。沒甚新鮮，為的金錢。

當不上舊式名流，交不上時髦政客。沒字招牌，哪裏有人認得。管甚黑白，出張潤格。

難得糊塗

學其短

[題額]

難得糊塗。

聰明難，糊塗難，由聰明而轉入糊塗更難。放一着，退一步，當下心安，非圖後來福報也。

‖鄭燮‖

◎ 本文錄自《全集·雜著》。文末原署「乾隆辛未秋九月十有九日，板橋」。

念樓讀

難得糊塗，難得糊塗。

人要聰明，難。人要糊塗，我看也難。聰明的人，要學得糊塗，那就更難了。

人生還是糊塗一點好啊。要挖空心思應付的問題，先將它擺一擺再說吧。出現了升官發財的機會，讓別人先去爭吧。凡事不必搶，不必爭，也不必信先吃虧後佔便宜的鬼話，只圖眼前少費勁少傷腦筋。正如《沙陀搬兵》中李克用唱的，「落得個清閒」，豈不好麼？

念樓曰

《苦竹雜記》中有《模糊》一篇，講郝蘭皋、傅青主，云：

模糊與精明相對，卻又與糊塗各別。大抵糊塗是不能精明，模糊是不為精明。

但板橋明謂「由聰明而轉入糊塗更難」，那麼原不是說天生的糊塗蟲難得，企慕的也正是知堂所喜歡的郝傅一流也。

郝君的家奴散出後入縣衙充書役，相逢「仰面逕過」，置之不問；善本書、端石硯不知為誰攜去，亦遂置之。傅君家訓云：

世事精細殺，只成得好俗人，我家不要也。

知堂接着說道：

目前文人多專和小同行計較，真正一點都不模糊，此輩雅人想傅公更是不要了吧？

讀之不禁會心一笑，啊，這講的是誰呢？

雪婆婆

學其短

［題印一］

雪婆婆同日生。杭州身汝刻。

俗以十月廿五日為雪婆婆生日，燮與之同日生，故有是刻。或以不典為誚，予應之曰：古之諺語今之典，今之諺語後之典。「宮中作高髻，四方高一尺」，真俗語而今為典矣。

‖ 鄭燮 ‖

◎ 本文錄自《全集・雜著》。「雪婆婆同日生」六字為印文，以下則是「邊款」即刻在印石邊上的文字，下同。

◎ 「宮中作高髻，西方高一尺」，見《後漢書》卷二十四，但鄭燮將「城中好高髻」寫成「宮中作高髻」了。

念樓讀

民間俗信，十月二十五是雪婆婆的生日。過了這一天，就有可能下雪了。

我的生日，正好也是十月二十五，於是便請杭州身汝君給我刻了「雪婆婆同日生」這顆閒章。

有人說，閒章上幾個字，雖說是小玩意，也要有出典，才能不失風雅，你這是甚麼典故啊。

我說，古來民間的俗話，後代成了典故的，實在很不少。《後漢書‧馬援列傳》云，馬援子廖為衞尉，上疏勸誡奢靡，引長安語曰：

城中好高髻，四方高一尺。城中好廣眉，四方且半額。

唐李賢注云：「當時諺也。」諺就是民間俗語。可是後來李後主形容大周后之美，說甚麼：

修眉範月，高髻凌雲。

文人馬祖常作詩，還有這樣的句子：

已知京兆誇高髻，不信章華鬥細腰。

這「高髻」也就成為文人筆下的典故了。那麼，今天老百姓口頭上的「雪婆婆」，難道後世就不會成為典故麼？

念樓曰

「五四」後胡適寫《白話文學史》，鄭振鐸寫《中國俗文學史》，從民謠俗諺裏尋文學的源流，開了一代風氣。二百年前的鄭板橋，已是他們的濫觴。

鄭為東道主

學其短

［題印二］

鄭為東道主。朱青雷刻。

「捨鄭以為東道主」，板橋割去「捨」字、「以」字，便是自作主張。凡作文者，當作主子文章，不可作奴才文章也。

‖鄭燮‖

◎ 本文錄自《全集·雜著》。
◎「捨鄭以為東道主」，見《左傳·燭之武退秦師》。

念樓讀

《左傳》僖公三十年的《燭之武退秦師》是篇精彩的好文章。燭之武說秦伯曰：

> 若捨鄭以為東道主，行李之往來，共（供）其困乏，君亦無所害。

我正好姓鄭，於是將「捨鄭以為東道主」拿來，去掉一個「捨」字和一個「以」字，成了「鄭為東道主」，又請朱君為我刻了一顆閒章，用於招友同遊，邀人敍話，豈不正好。

《春秋左傳》為五經之一，將傳文撩頭去尾，使之為我所用，也許有人會覺得不妥。其實不管是甚麼經典，用它時都不必字字照搬。凡作文，無論大小長短，都得自己做主。

自己作主，才是自己的文；不然的話，就只能算奴才之文了。

念樓曰

人民個個做了主人，奴才早該沒有了。但戲台上的影子卻常常揮之不去，亦未必個個青衣小帽，盡有《法門寺》《審頭刺湯》裏錦衣玉帶的角色，但終於還是石秀所罵的「與奴才做奴才的奴才」。

奴才的特點便是不能自作主張。儘管他有時候吆三喝四，威風十足，卻全是主子命令他講的話。

鄭板橋區區「七品官耳」，卻能自作主張，所以他寫的都是主子文章，不是奴才文章。當然也只有在他不當縣太爺以後才能如此，不然吃了朝廷的俸祿，便不得不歸朝廷管，說話寫文章也不得不遵朝廷功令。

博 愛

⬤學 其短

[畫蘭竹石]

昔人云,「入芝蘭之室,久而忘其香」。夫
芝蘭在室,美則美矣,芝蘭弗樂也。我願
居深山巨壑之間,有芝不採,有蘭不掇,
各全其天,各樂其命,乃為詩曰:高崖峻
壁見芝蘭,竹影斜遮幾片寒。便以乾坤為
巨宅,與君高枕臥其間。

‖ 鄭燮 ‖

◎ 本文錄自《全集·集外詩文·題畫》,為《畫蘭竹石》最後一則。
◎ 有上款「繡華老長兄親翁政畫」,下款「板橋居士姻弟鄭燮拜
　手」。
◎ 芝蘭,芝通芷,芷蘭在此處即指香蘭。畫的本也只是蘭竹
　石,並未畫屬於菌類的靈芝。

● 念樓讀

　　早就有人說，「一走進擺設蘭花的屋子，立刻會嗅到濃烈的芳香；但若是在屋裏待得太長久，嗅覺飽和便不會覺得香了」。

　　人們為了聞香，為了審美，從野外山中挖來蘭草，移植作為盆景。這樣做，賞玩蘭花的人，自然會感到快樂；但是，被賞玩的蘭花會不會快樂呢？

　　我愛蘭，愛的是深山幽谷中的蘭。我不願損傷它，奪取它，只願在大自然中跟它做伴，為它寫生，並向它獻上這樣一首小詩：

> 深谷中懸巖下棲息着寂寞的蘭，
> 稀疏幾枝竹葉遮不住多少風寒。
> 不害怕冷清只要能自由地生長，
> 我也願來此處遠離吵鬧的塵寰。

● 念樓曰

　　只有鄭板橋這樣的藝術家，才會想到蘭花會不會快樂，才會將蘭草視為和人類一樣的生命。周作人《山中雜信》也曾對籠中鳥表同情：「為要賞鑒，在牠自由飛鳴的時候，可以儘量地看或聽，何必關在籠裏擎着走呢？」又引佛經戒律禁盜空中鳥，「（鳥）縱無主，鳥身自為主，盜（罪）皆重也」。他接着說道：「鳥身自為主──這句話的精神何等博大深厚，然而又豈是那些提鳥籠的朋友所能了解的呢？」

　　草木蟲魚，一切有情，都是博愛的對象啊！

王闓運日記九篇

兒女讀書

學其短

［人日］

人日，有雪。楊慕李、孫翼之來。兒女讀書，余昏昏睡去，比醒，已散去矣。校之廿年前，真成兩代也。

‖ 王闓運 ‖

◎ 此九篇均錄自王闓運《湘綺樓日記》壬辰卷（下簡稱《日記》）。
◎ 人日，正月初七。
◎ 王闓運，號湘綺，清末民初湘潭人。

念樓讀

正月初七日，雪。

楊慕李、孫翼之二人來訪。

我督促兒女們讀書，誦讀聲中，不知不覺打了個盹，一覺醒來，讀書的孩子們早散了。比起二十年前用功的情形來，真是不同的兩代人啊。

念樓曰

日記成為文體的一種，早在宋朝就出現了，范成大和陸游都留有史料性和文學性都很強的作品。明朝以後，作者漸多，這大概和寫作中個人主體意識的加強有關。

王闓運的《湘綺樓日記》，為清季四大筆記之一（其餘三種的作者為曾國藩、翁同龢、李慈銘），都是作者生前宣傳眾口，死後很快成書的。這裏的九篇均選自壬辰（光緒十八年，即一八九二年）卷，時王闓運已五十八歲，居衡陽。

錢基博《現代中國文學史》開頭第一句便是：

方民國之肇造也，一時言文章老宿者，首推湘潭王闓運云。

可見王氏在當時文壇上的地位。於日記，他自言「皆章句餖飣、閭里瑣小之事」，前句指個人讀書心得，後句指日常生活、社會見聞，所以更有價值。

《湘綺樓日記》生動地記載了清朝最後一輩文人的生活。王闓運死於一九一六年即民國五年，再過四年五四運動開始，老一輩就進入歷史了。

清 明

[三月十三日]

十三日，陰雨，風涼。督課一日。夜大雨，
沉酣。湘流復黃，新綠映水，饒有春意。
湘蘭滿花，馬纓紅綴，雜樹皆碧，鳩啼甚
急，正清明景物也。

‖ 王闓運 ‖

◎ 本文錄自《日記》「壬辰三月」。

念樓讀

三月十三日，陰雨天氣，又有風，頗覺涼爽。

昨晚上下大雨，睡了個好覺。

安排學生課程作業後，外出散步。只見新漲的湘水，滿江呈現出去年的黃色，映帶着兩岸的嫩綠，顯出濃濃的春意。野地上的山蘭開滿了白花，幾株通紅的馬纓點綴其間。樹林全換上了青翠的新裝，從中傳出求偶斑鳩急迫的啼喚聲，已是一派清明時節的光景了。

念樓日

三月十三，正是清明時節。此時王闓運在衡州（今衡陽）主講船山書院，「督課」便是督書院諸生的課。課餘稍作行散，所見應是書院外郊野的風景，而文筆蕭散，自然流麗，甚為可讀。

清代的文章向以桐城派為「正宗」，殿軍便是曾國藩和「曾門四子」——吳汝綸、張裕釗、薛福成和黎庶昌，都走唐宋八大家的路子，講氣勢，重聲調，讀起來好聽，但總是強調「載道」即為主流意識形態服務，道學氣濃，生氣就少了。

王闓運「人物總看輕宋唐以下」（吳熙輓王聯），文宗魏晉，不做韓柳派的「古文」，亦不做道學門面語。所作《秋醒詞序》《到廣州與婦書》等文，看得出上至六朝酈道元、徐陵，下泊汪中、龔自珍諸人的影響，本文不過是一個最小最小的例子。

因為語體替代了文言，清末民初不少好文章漸少人知，在文體研究上未免有缺憾。

殺人與要錢

學其短

［七月廿二日］

廿二日，晴。劉心葵來談，亦云吳大澂欲立洋馬頭，余獨以為不然。節前將至矣，以余度之，必先殺人，而後要錢，乃為文武之材也。外齋日灼，移內，未事。

‖ 王闓運 ‖

◎ 本文錄自《日記》「壬辰七月」。
◎ 吳大澂，清末吳縣（今蘇州）人，時任湖南巡撫。

念樓讀

七月廿二日,晴。

劉某某來,也說吳撫台新官上任頭把火,就會要在長沙修洋船碼頭,我則以為未必。

照我想,他的頭一件事,一定會抓緊在中秋節前殺一批犯人。先殺人,再創收,這才是既突出了政治又能搞活經濟的得力大員嘛!

書房當西曬,今日移房,未做別事。

念樓日

文人論政,未必要登廟堂之上,私底下評說時事,有時更值得注意,這就只有求之於日記、書信等純粹屬於私人的文字了。

王闓運「平生帝王學」(楊度輓聯中語),雖然是名士,是文人,卻也曾有政治抱負,也參與過政治。他先後入蕭順、曾國藩幕,對晚清軍政人物都很熟悉;還一度熱衷「遊說」,積極論政。所作《湘軍志》,評議當軸人物,更是毫不留情,表現出一種跅弛自雄的姿態。這時已入老年,更有點倚老賣老了。

這裏說的吳撫台吳大澂,是一位「名臣」,光緒十八年(一八九二)六月起任湖南巡撫。「立洋馬頭」為當時新政,「殺人」和「要錢」則是歷來政府必抓的兩手,越是「能員」自然抓得越緊。其實湘綺亦未必實有所指,不過文人積習,談到做官尤其是做大官的,至少也要調侃他幾句,不會輕易放過。要是在如今,不闖禍才怪。

張之洞來信

學其短

［八月廿九日］

廿九日，陰。得張孝達書，筆跡不似早年，蓋幕客所為。不然，則紅頂必學顏書也。亦不似楊銳之作。

‖ 王闓運 ‖

◎ 本文錄自《日記》「壬辰八月」。
◎ 張孝達，名之洞，晚清直隸南皮（今屬河北）人。
◎ 楊銳，戊戌六君子之一，時在張之洞幕中。

念樓讀

八月二十九日,陰。

收到張之洞的來信,看字跡,已經不像早年,大概是師爺代筆的。不然的話,總督大人後來一定又練過顏字——也不像是楊銳的筆墨。

念樓曰

王闓運此時只是衡州(陽)船山書院的山長,論地位頂多相當於如今市屬大專學校的校長;張之洞則官居湖廣總督,等於管大區的中央局書記。但是,看他們二人之間書信往來,王闓運可以布衣傲王侯,在日記中漫稱張「紅頂」,無所用其恭敬;張之洞對他恐怕還得客氣一些,才能顯出「禮賢下士」的風度來。

清制:總督為正二品,帽頂用紅珊瑚(起花與不起花者有別);但如加了「右都御史」銜,則為從一品,帽頂視同正一品用紅寶石了。紅珊瑚,紅寶石,帽頂都是紅的,故王以「紅頂」稱之。

這些制度、儀注方面的細節,如今許多人都不太明白了,在電影電視裏常常弄錯。比如說,一堂頂戴全是紅頂,或全是金頂,大小文武官員補子上全繡仙鶴,事實上這都是絕不可能的。

很希望有人將這類制度、名物方面的知識,分別撰寫成書,亦不必很厚很詳細,簡單明瞭便行。

祭奠亡妻

學其短

[九月八日]

八日，晴。夢緹生辰也，設奠。小兒能哀，
尚有可取，諸女皆垂涕。余亦素食思哀，
竟日無營。

‖ 王闓運 ‖

◎ 本文錄自《日記》「壬辰九月」。
◎ 夢緹，王闓運妻，姓蔡名菊生。

念樓讀

九月八日，晴。

今天是亡妻夢緹的生日，為她舉行祭奠。全家素食默哀，女兒們個個流淚。孩子們對亡母的深情，使我得到了安慰。我也停止了一切活動，整天沉浸在悲哀中。

念樓曰

錢基博《現代中國文學史》說，王闓運「夫人蔡氏名菊生，亦知書，能誦《楚辭》」。其伉儷之篤，從闓運《到廣州與婦書》長達二千餘言，文情並茂中，便可以看得出來。蔡亡故以後，王的哀思確是很深沉，很真切的。

但王闓運並不是一個「從一而終」的男子，夢緹在時他即已納妾，還有這個嫗、那個嫗（周嫗即有名的周媽），日記中不止一次記有「某嫗侍寢」，都是公然行之。這在多妻時代本不是稀罕之事，看來亦與其家中夫婦之道無多牴觸。

動物中一夫一妻制遵守得最好的是大雁，失偶後即終身不再交配，傳說如此，實際情況是不是這樣的呢？恐尚有待證明。其實頂貞節的動物大約還當推「偕老同穴」，這是一種小魚，體小時結成對子，通過小孔進入海葵腔內，長大後即無法出來，終生在裏面交配繁殖，藉流動的海水獲得食物並排出受精卵，一雄一雌，絕不可能有「第三者插足」。但人類的近親猿猴從來都是多妻的，在進化樹上的位置卻比魚、鳥高多了。動物行為學和人類學的專家，對此一定進行過不少研究，可惜我原文看不懂，譯文又不想看。

和合二仙

學其短

［十月十六日］

十六日，陰雨。講課不能畢，改於燈下完之。看易中碩詩，如與對面。易與曾震伯，皆仙童也，余生平所僅見，而不能安頓，有儵焉之勢，託契於余，無以規之，頗稱負負。大鑼大鼓之後，出一對和合，俄成蚌蛤精，戲亦散矣，奈何奈何。璫往彭家。

‖ 王闓運 ‖

◎ 本文錄自《日記》「壬辰十月」。
◎ 易中碩，名順鼎，湖南龍陽（今漢壽）人。
◎ 曾震伯，即曾重伯，名廣鈞，湖南湘鄉（今雙峯）人。

念樓讀

十月十六日，陰雨。白天的課沒講完，開燈後才結束。

易中碩的詩，個性鮮明，形象生動，讀時作者的面目和神態如在眼前。他和曾震伯這兩個風流才子，乃是我平生所見到的頂聰明的人，只可惜不夠穩重，跡近輕浮。二人都信託我，願和我結交，我卻沒有能力來規範他們，心中頗為歉仄。

幕布拉開時鑼鼓喧天，場面精彩，登台的和合二仙妙相莊嚴，令人歡喜；可是一眨眼變成了一對蚌殼精，正劇變成了調笑的鬧劇，給觀眾的印象便差得多了，這也是無可奈何的事情。

瑙兒今日去彭家。

念樓曰

易順鼎（中碩，號哭庵）和曾廣鈞（重伯），都是很有才華的世家子弟（順鼎父易佩紳累官山西布政使，廣鈞則是曾國藩之孫），他們作詩做得好，做人則毛病頗多，王闓運曾寫信給易云：

> 海內有如祥麟威鳳，一見而令人欽慕者，非吾賢與重伯耶？然亦惹非笑，不盡滿人意者，重伯好利，中碩好名故也。……故吾為仙童之說，謂夫仙童有玉皇香案者，兄日姊月，所見美富，……一旦入世，則老虎亦為可愛，金銀無非炫耀，乃至耽着世好，情及倡優，不惜以靈仙之姿為塵濁之役，物慾所蔽，地獄隨之矣。

王闓運比易順鼎大二三十歲，故能如此直言相勸。但「和合二仙」不能接受規勸，終於成了一對蚌殼精，成就都十分有限。

做生日

學其短

［十一月廿八日］

廿八日，雪。家人治具餪祝。程郎遣報，道台欲來，甚窘，與書程生阻止之，兼止城中客。向不喜躲生，今乃知生之不如死也。死而客來，吾但偃臥待之，何所畏哉。院生賀禮，亦不可止。冰雪嚴寒，倉皇备嚭，甚可笑矣。夜燭爆熱鬧，諸生來者廿一人。

‖ 王闓運 ‖

◎ 本文錄自《日記》「壬辰十一月」。
◎ 餪，音 nuǎn，喜慶前請吃。

念樓讀

十一月二十八日，下雪了。明天是我的生日，今日家中辦飯，提前為我「做生」。

小程打發人通知說，道台明天要來拜壽。實在覺得不便接待，連忙寫信阻止，並且請城裏的客人都不要來。

我向來不太怕「做生」，只怕「做生」客太多，要「躲生」更麻煩。現在則覺得「做生」還不如「做死」，死後開弔，客人來得再多，自己躺着任他們磕頭作揖，無須答禮迎送，倒比「做生」省事得多。

書院學生二十一人來祝賀送禮，止也止不住。大雪，又冷，招待簡單草率，不免好笑。到了晚上，點起燈燭，放起鞭炮，總算熱鬧一場。

念樓曰

慶賀生日，本意應該是高興本人又活過了一年的意思，這只有在家庭之中對年紀大的才須如此，也才有意義。但不知怎麼推廣開來，居然成為社會禮俗，似乎非辦不可；若是「做」的藉此招搖，「來」的有心趨奉，事情就更加複雜。王闓運本不怕「做生」，但道台硬要來，「院生賀禮，亦不可止」，也就覺得「生不如死」了。

王闓運說他「向不喜躲生」，「躲生」便是在自己生日前離家躲開。不見了壽星，來拜壽的自然就會散去。先父「躲生」躲了一世，直到他老人家八十八歲撒手歸西，這件事我一直十分同情，所以自己從來不「做生」。

做 年 糕

⚫學其短

[十二月廿二日]

廿二日，雨。遣僮入城辦年事，因居內未出。家中不知作糕，遂罷之。漸不成家，有官派矣。王迪安來，談半日。

‖ 王闓運 ‖

◎ 本文錄自《日記》「壬辰十二月」。

念樓讀

十二月廿二日，雨。派傭人到城裏買年貨，準備過年。自己整天都在家中，沒有外出。

家裏本該打年糕，卻都說不會。甚麼東西都要買，漸漸顯出做官的派頭來了。

王迪安來，談話甚久。

念樓曰

《東京夢華錄》記述北宋時汴梁居民生活，說在重陽節前一兩日，「各以粉麵蒸糕遺送」。唐劉禹錫重陽作詩，想寫糕，「以六經無糕字」，便不寫了。這說明糕的起源雖不很「古」，但唐宋時即已常見，大概此與米麥粉碎的技術普及有關，也與人們的飲食逐漸精細化有關。

湖南為稻米產區，過去鄉村中等以上人家，重陽節未必蒸糕，年糕卻是家家戶戶都要「打」的。臘八以後，將糯米蒸熟，置石臼中用碓舂或杵搗，使之融爛成團，然後製成方塊，再切成糕。如製成餅狀，則稱糍粑。這既是年節的食品，而以冬至日冷水泡之，更可以保存到來年春天插田時。

王闓運認為不知做糕便「不成家」了，這與他的家庭出身不無關係。其祖父為鄉村醫生，父親是小商人，並不富裕，更不是官宦人家，日常吃用沒有條件動輒用「買」的辦法解決，只能靠「家中」婦女自己動手做，如今卻不做了。其實此時他早已續妾，僱傭的「嫗」亦不止一二，人手並不短缺。

走夜路

［十二月廿三日］

廿三日，陰。朝食畢，臨陳喪，客尚無一
至。衡俗成服以夕，為寫銘旌而還。舁至
白鷺橋，呼渡不得，幾困於夜。江西客夜
葬，炬火甚盛，而未能照我也。乞於路旁
一村民，乃僅得還。

‖王闓運‖

◎ 本文錄自《日記》「壬辰十二月」。

● 念樓讀

十二月二十三日，陰。

陳家辦喪事，請我去「點主」，早飯後便動身前往，到了那裏，才知道弔客都還沒有到。原來衡州的風俗，喪禮得在晚上舉行。於是只好留下，等到題寫了銘旌才走。

回來的路上，轎子到白鷺橋，渡船泊在對岸喊不過來。路上遇到另一戶江西商家出殯，許多燈籠火把，卻不能為我們照明。幸好求得一戶村民幫助，才得回家。

● 念樓曰

讀前人日記，可以賞其才情，可以了解社會，我則更注意其中的土風民俗。這裏所說，衡州（今衡陽）的喪禮要在晚上舉行，出殯也在晚上，打着燈籠火把抬棺材上山，便是非常有價值的材料。日記只用幾十個字，便將過河「呼渡不得」，炬火「未能照我」，求助路旁村民等走夜路的尷尬寫出，卻仍不失風趣，寫作上是很成功的。

那時出葬要請名人「點主」、寫「銘旌」，這本來是兩件事。點主是用筆在死者「神主」（主位牌）的「主」字上填上預先留空的一點，寫銘旌則是在長條白布（綢）上寫出死者的姓名頭銜，都是隆重的儀式，都得由有地位有名望的人當着眾人來做。《儒林外史》裏的鮑文卿是個戲子，若不是向太守念舊，便找不到人題銘旌。但一主不煩二客，這兩件事通常便只請一位名人兼任。王闓運這時已是大名人，等到晚上題了銘旌，坐上轎子卻還得摸黑回家，豈不怪哉。

書名題籤：鍾叔河

第三冊

鍾叔河 ＼ 著

念樓學短

印　務　劉漢舉
排　版　漢圖美術設計
裝幀設計　陳淑娟
責任編輯　鍾昕恩

出版 / 中華書局(香港)有限公司

香港北角英皇道四九九號北角工業大廈一樓 B
電話：(852) 2137 2338　　傳真：(852) 2713 8202
電子郵件：info@chunghwabook.com.hk
網址：http://www.chunghwabook.com.hk

發行 / 香港聯合書刊物流有限公司

香港新界大埔汀麗路三十六號
中華商務印刷大廈三字樓
電話：(852) 2150 2100　　傳真：(852) 2407 3062
電子郵件：info@suplogistics.com.hk

印刷 / 美雅印刷製本有限公司

香港觀塘榮業街六號海濱工業大廈四樓 A 室

版次 / 2020 年 6 月第 1 版第 1 次印刷
©2020 中華書局(香港)有限公司

規格 / 16 開 (210mm×150mm)
ISBN / 978-988-8675-79-1

本書中文繁體版本由後浪出版咨詢(北京)有限責任公司授權
中華書局(香港)有限公司在香港和澳門地區獨家出版、發行